AF515582

## पेंगुइन स्वदेश

# चिरागों की रात

अमृता प्रीतम पंजाबी के सबसे लोकप्रिय लेखकों में से एक थी। अमृता प्रीतम का जन्म 1919 में गुजरांवाला पंजाब (भारत) में हुआ। उनका बचपन लाहौर में बीता और शिक्षा भी वहीं हुई। किशोरावस्था से उन्होंने लिखना शुरू किया। उन्होंने सौ से अधिक कविताओं की किताब लिखी, साथ ही फिक्शन, बायोग्राफी, आलेख और आटोबायोग्राफी लिखकर साहित्य में नया मुकाम हासिल किया। इनकी तमाम पुस्तकों का कई भारतीय भाषाओं सहित विदेशी भाषाओं में भी अनुवाद हुआ। अमृता प्रीतम पहली महिला लेखिका हैं, जिन्हें 1956 में साहित्य अकादमी पुरस्कार मिला। 1982 में उन्हें *काग़ज़ ते कैनवास* के लिए ज्ञानपीठ पुरस्कार मिला। 2004 में पद्मविभूषण भी प्रदान किया गया।

# चिरागों की रात

अमृता प्रीतम

पेंगुइन स्वदेश
पेंगुइन रैंडम हाउस इंप्रिंट

**पेंगुइन स्वदेश**

यूएसए। कनाडा। यूके। आयरलैंड। ऑस्ट्रेलिया। सिंगापुर
न्यू ज़ीलैंड। भारत। दक्षिण अफ्रीका। चीन

पेंगुइन स्वदेश, पेंगुइन रैंडम हाउस ग्रुप ऑफ़ कंपनीज़ का हिस्सा है,
जिसका पता global.penguinrandomhouse.com पर मिलेगा

पेंगुइन रैंडम हाउस इंडिया प्रा. लि.,
चौथी मंज़िल, कैपिटल टावर-1, एम जी रोड,
गुरुग्राम 122 002, हरियाणा, भारत

पेंगुइन
रैंडम हाउस
इंडिया

प्रथम हिन्दी संस्करण हिन्द पॉकेट बुक्स द्वारा 2000 में प्रकाशित
प्रस्तुत हिंदी संस्करण पेंगुइन स्वदेश में पेंगुइन रैंडम हाउस द्वारा 2026 में प्रकाशित



10 9 8 7 6 5 4 3 2



ISBN 9789353495718

मुद्रकः रेप्रो इंडिया लिमिटेड



www.penguin.co.in

FSC www.fsc.org MIX Paper from responsible sources FSC® C047271

This is a legitimate digitally printed version of the book and therefore might not
have certain extra finishing on the cover.

बुद्ध की आत्मा जैसी आत्माओं को
तिब्बत के लामा लोग सफ़ेद बादल कहते हैं
जो इच्छा-मुक्त होकर आसमान में तैरते हैं
पवन की तरह बहते हैं
उन्होंने उत्तर-पूरब या किसी भी दिशा को जाना नहीं होता
इसलिए सब दिशाएं उनकी अपनी हो जाती हैं

यह पुस्तक 'चिरागों की रात'
सफ़ेद बादलों के नाम करती हूं...

—अमृता

राह दोहेलड़ा 9
चिरागों का मेला 13
और दीया जलता रहा 16
आवाज़ 20
टूटता तारा 24
दुआ 28
दरवेशों का टीला 34

मीरदाद की किताब 38
ओशो के लफ़्ज़ों में 40
मीरदाद की कहानी 45
वह काग़ज़ 49
दरवेशों का टीला 51
एक पहाड़ी मोनेस्ट्री 56
एनी बीसेंट 64

खुद नहाकर खुद की पूजा करे 67
दो रहस्यमय क्षण 69
मेरे योगी! 73
मज़हर-उल इस्लाम की क़लम से–
रहस्यमय अलविदा 75
गुनाहों का सूप 80

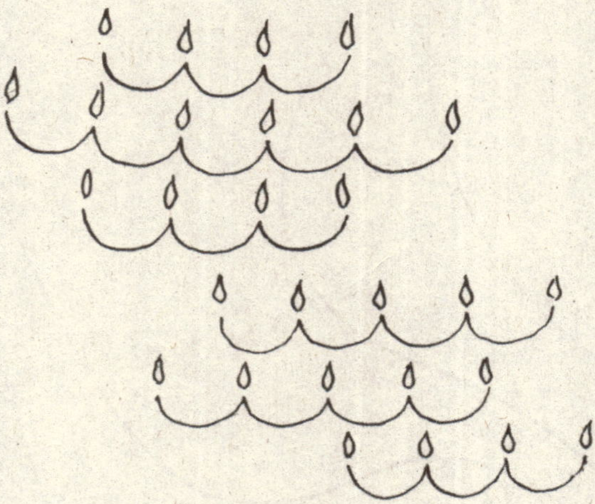


एलन पैलन की कहानी–गुनाहों का सूप 83

डोबरी योतेव 88

डोबरी योतेव–आयशी 89

योरदान योवोकोव 96

औरत 97

साहिंबा आई थी 104

गाथा दो नगरों की 115

अम्बरी मोती 121

वर्जित बाग की गाथा 130

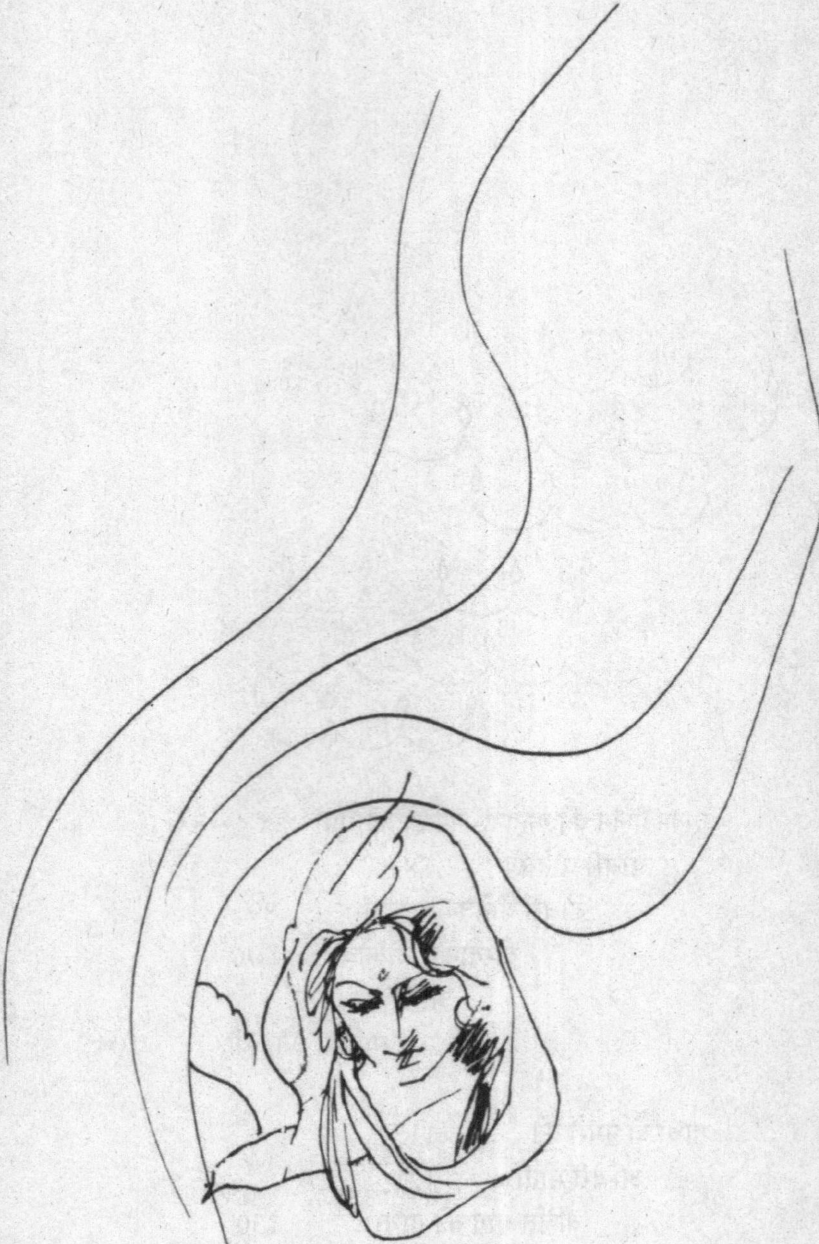

# राह दोहेलड़ा

**(दुश्वार रास्ता)**

वह ऊंचे-ऊंचे पहाड़ों में घिरी हुई वादी थी, जहां सूरज बड़ी तेज़ी से उतर जाता है। लेकिन वहां अभी उसके सुर्ख रंग ने नदी के पानी में एक तिलस्म बिछाया हुआ था। मैंने देखा, वादी के गांव की एक मासूम-सी दिखती लड़की, नदी के पानी से खेलती गा रही थी :

*जवानी आई रे*
*मेरे बचपन के इस गांव में*
*बातें उड़ती हैं*
*इन बहती हुई हवाओं में*

और हवा के एक झोंके की तरह मुझे याद आया—यह वही वक़्त है, जो कभी मुझ पर आया था, लेकिन नहीं जानती, वह कब मुझे छोड़कर चला गया, कहां चला गया—अब लगा, वह तो इस नदी के किनारे मुझसे बेग़ाना होकर खेल रहा है।

पास से एक बूढ़ा गड़रिया गुज़रा, मैंने रास्ते के मुसाफ़िर की तरह

उसे दुआ-सलाम कही तो वह कहने लगा–वह जिस लड़की को देख रही हो, वह मेरी बेटी है, बड़ी मासूम है, अभी नहीं जानती कि अगर कभी उसने भी मेरी तरह दरवेशों के टीले पर जाना है तो उसका रास्ता बड़ा मुश्किल है–राह दोहेलड़ा।

मुझे लगा, मुझे इस रास्ते का कोई मित्र मिल गया है, पूछा–बाबा! तुम दरवेशों के टीले का रास्ता जानते हो?

वह बदन की झुर्रियों तक हंस पड़ा, पूछने लगा–तुम वहां जाने के लिए आई हो?

मैंने कहा–हां बाबा, बरसों से चली हुई हूं वहां जाने के लिए।

कहने लगा–मैं तो वहां रोज जाता हूं, भेड़ों का दूध लेकर। लेकिन तुम्हें एक बात पूछूं–ख़ाली हाथ आई हो न!

हां बाबा, देख ले ख़ाली हाथ आई हूं...

गड़रिया बाबा मुझे ग़ौर से देखता कहने लगा–तुमने शोहरत का कोई छाप–छल्ला तो नहीं पहना हुआ है?

मैंने दोनों हाथ आगे किए, ख़ाली अंगुलियों और ख़ाली बांहों वाले।

वह फिर मेरे माथे की तरफ़ देखता रहा, और पूछने लगा–कोई मग़रूरी का कण तो माथे में नहीं रखा हुआ है?

मैं हंस दी, कहा–रांझा-रांझा कहते मैं तो खुद रांझा हुई।

अब गड़रिया बाबा भी हंसने लगा, कहने लगा–लोग कितना-कितना भार उठाए फिरते हैं, तभी तो टीले पर नहीं पहुंचते। अच्छा फिर अंजुरी आगे कर।

मैंने दोनों हाथों की अंजुरी बनाकर आगे की तो उसने कंधे पर डाली हुई छोटी-सी दूध की मशक से मेरी अंजुरी को दूध से भर दिया। साथ ही कहने लगा–पीती जाओ जितना पी सकती हो, और फिर चल देना उस सफ़ेद पर्वत की पगडंडी पर...

मैं गड़रिया बाबा की मशक से जितना दूध पी सकती थी, पिया और उसे दुआ-सलाम कहकर सफ़ेद पर्वत की पगडंडी पकड़ ली...

डूबते सूरज की लाली अब जाने पहाड़ों की ओट में हो गई थी, रास्ता बिलकुल अंधेरा हो गया। और मैं पगडंडी को पैरों से टटोलती चलने लगी...

आसमान से जैसे चांद भी खो गया था, अब वहां बताने-पूछने वाला कोई नहीं था।

इतने में बहुत दूर से एक आवाज़ आई–आज की रात तो शगुनों की रात है...

मैंने चारों तरफ़ दूर तक देखा, कोई नहीं था। लेकिन आवाज़ वाले ने फिर कहा–सूरज की बेटी ने जब चांद को देख लिया, तो उसे चांद का विरह सताने लगा। बाप ने जब बेटी की यह हालत देखी तो एक रथ तैयार करवाया, जिसमें बुध और शुक्र नाम के दो घोड़े बंधे हुए थे, और बाप ने बेटी को रथ में बैठाकर चांद के घर भेज दिया–यह रात

थी। जब चांद के पास सूरज की बेटी आई तो उसे गले से लगाकर वह किसी कंदरा में चला गया।

मैंने कहा–तभी चांद की फांक भी कहीं दिखाई नहीं देती। और पूछा–देवी तुम कौन हो? जो अंधेरी रात में राहगीरों का दिल रखने के लिए यह कहानी सुनाती हो?

वह हंस दी, कहने लगी–तुमने मुझे पहचाना नहीं? मैं सूर्य सावित्री हूं, वही ऋग्वेद की सूर्य सावित्री।

मेरा सिर नमन में झुक गया–

फिर कोई आवाज़ कहीं नहीं थी। मैं पैरों में हिम्मत बांधकर आगे चल दी...

मुश्किल पगडंडी वाले रास्ते पर भी दोनों तरफ़ पेड़ उगे हुए थे, कभी-कभी हाथ डालने के लिए और चढ़ाई वाले रास्ते पर जरा सांस लेने के लिए।

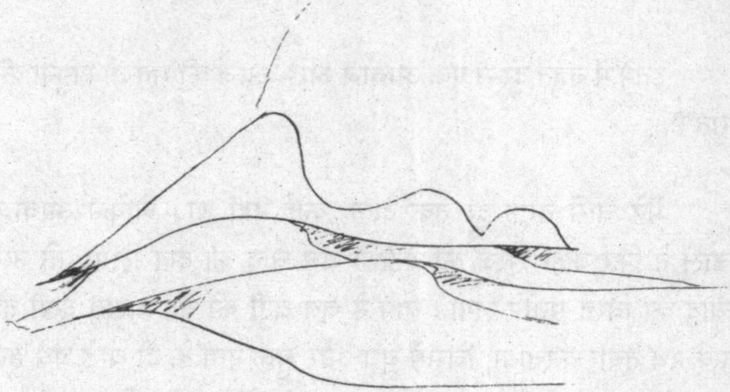

# चिरागों का मेला

पैरों की कंकड़ी निकालती, झाड़ियों का सहारा लेती जब मैं पहाड़ की चोटी के क़रीब पहुंच गई तो ऊपर से आती चिरागों की रोशनी ने जैसे मेरा हाथ थाम लिया। मैंने उसका सहारा लेते हुए चोटी पर क़दम रखा तो सामने, वही गड़रिया बाबा दिखाई दिया। उसने मेरे सिर पर हाथ रखकर कहा–पहुंच गई है !

मैंने चिरागों की रोशनी में उसकी ओर देखा, वह कहने लगा–दूध लेकर आया था, दो बड़ी-बड़ी मशकें उठाकर, अभी गुफा में रखी हैं, और अब लौटने लगा था।

मैं हैरान हुई कि यह तो मुझे रास्ते में कहीं दिखाई नहीं दिया, फिर इतनी जल्दी पहुंच भी गया, दूध की मशकें उतार भी आया. ..पूछा–तुम कौन-से रास्ते से आए बाबा? मैंने तो तुम्हें कहीं रास्ते में देखा नहीं था?

वह हंस दिया–बेटी, मेरे लिए सारी पगडंडियां पहचानी हुई हैं। तुम्हें तो मैंने कुछ आसान पगडंडी पर आने को कहा था, लेकिन मैं तो खड़ी चढ़ाई पर भी चढ़ सकता हूं, जो जल्दी पहुंचा देती है...

मुझे लगा, जैसे वह कोई मेरा ही कोई पुरखा हो। इसलिए इत्मीनान से उसकी बांह पकड़ी और कहा–यह तो मैं जानती हूं बाबा कि आज की रात यहां चिरागों की रात होती है। और यहां आकर शायद आशिक़ और दरवेश अपने-अपने कलाम का चिराग जलाते हैं। लेकिन क्या यह सच है? क्या यहां कई बार मीरदाद की आवाज़ भी सुनाई देती है?

गड़रिया बाबा हंस दिया, कहने लगा–तुम जानती होगी कि लामा लोग एक बहुत ऊंची और बहुत मुश्किल-सी पहाड़ी पर साल में एक बार जाते हैं, जहां महात्मा बुद्ध की आवाज़ सुनाई देती है।

मैंने कहा–हां बाबा पढ़ा-सुना तो है, लेकिन...

वह कहने लगा–फिर आज की रात खुद देख लेना और सुन लेना कि यहां मीरदाद की आवाज़ आती है? वह न पैदा हुआ था, न उसे मरना है, इसीलिए यहां कोई मज़ार नहीं है, कोई दरगाह नहीं है, बस मीरदाद का आस्ताना है।

मैंने कहा–हां बाबा, मैं जानती हूं। वही तो जल-प्रलय के समय नूह की किश्ती में बैठा था...

बाबा हंसने लगा, कहने लगा–चोरी का मुसाफिर। किसी ने उसे इस किश्ती में बैठते नहीं देखा था और कहता है–जो भी दुःखों के दरिया में किसी किश्ती का चप्पू थाम लेगा, मैं उसकी किश्ती में बैठ जाऊंगा... किश्ती को पार लगाने के लिए...

लगा, बाबा भी मेरी तरह एतकाद से भरा हुआ है...

इतने में एक दरवेश के गाने की आवाज़ आई, ज़रा दूर से, चिरागों की लपट के ऊपर तैरती हुई :

*मेरा दीन भी तू, ईमान भी तू*
*मेरा इश्क़ भी तू, इरफ़ान भी तू*

गड़रिया बाबा पूछने लगा–तुम पहचानती हो इस आवाज़ को कि किसकी है?

मैंने कहा–हां बाबा, पहचानती हूं, यह गुलाम फ़रीद की आवाज़ है, जो कभी रेत-थलों में...

और मेरी बात काटकर वह कहने लगा–मैं सब जानता हूं, यह बड़ी अज़मतों वाला है। रेत-थल में जिस भानु पर आशिक़ हो गया वह मेरे ही क़बीले की बेटी थी। मेरे क़बीले ने बड़ी हील-हुज्जत की, लेकिन इसकी अज़मतें देखकर अपनी भानु उसे दे दी, निकाह के लिए...

मन में आया अपने गड़रिया बाबा के पैर छू लूं पर उसने मेरे झुके हुए हाथ पकड़ लिए, कहने लगा–जिसका मुरशिद मीरदाद हो, उसे यह शोभा नहीं देता कि कोई उसके पैरों को हाथ लगाए, यह तो मठों वालों की ज़रूरत होती है जो मठों के मुज़ावर होते हैं...

और गड़रिया बाबा हंसकर जल्दी से पहाड़ की पगडंडी उतरने लगा।

# और दिया जलता रहा

सारा पर्वत जगमग कर रहा था। पता नहीं कौन-कौन अकीदतमंद थे जो वहां अपने हर्फ़ों का चिराग जलाने के लिए आए हुए थे...

कानों में हलकी-सी एक आवाज़ आई जैसे कोई ऊंचे पत्थर की ओट में बैठा इकतारा बजा रहा हो। सोचा–यह ज़रूर कोई नाथयोगी होगा...और फिर मन-मस्तक में उतरती कोई आवाज़ आई :

*गगन शिशिर में बालक बोले*
*उसका नाम धरोगे कैसे*

मैं हर्फ़ पहचानती थी, इसलिए जाना–वह ज़रूर कोई गोरखनाथ का बालका होगा, उसके टीले का कोई नाथयोगी। यह तो पता नहीं था कि वहां कौन-कौन-से दिल वाले चिराग जलाने के लिए आए हुए थे, लेकिन मैंने पूरे-के-पूरे पर्वत को, उसके एक-एक पत्थर को बड़ी अकीदतमंदी से देखा, और मैं उसक हूक को सुनने लगी जी सीधे दिल में उतर रही थी। हर्फ़ थे :

*ईमान सलामत सब कोई चाहे*
*इश्क़ सलामत कोई हू*
*जिस मंज़िल पर इश्क़ ले जाए*
*इमाने-ख़बर न होई हू*

ग़ौर से देखा, अंधेरे में वह आवाज़ वाला पहचाना तो नहीं जाता था, लेकिन हर्फ़ पहचानती थी इसलिए सुल्तान बाहू को मेरे सारे वजूद ने सलाम कही।

कुछ पत्थरों की दरार से पानी की आवाज़ आई, जैसे एक चश्मे की धारा वहां हो। पास जाकर मैंने पानी पिया, हाथ-पैर धोए, रास्ते की धूल उतारी और आंखों पर पानी के कुछ छींटे दिए। और फिर तन-मन से ताज़ा होकर दूर एक चौड़े पत्थर पर बैठकर अपने कुछ हर्फ़ों का चिराग जलाने लगी :

*ख़ामोशी के इस पेड़ से*
*मैंने अक्षर नहीं तोड़े*
*यह तो जो पेड़ पर से झरे थे*
*वही अक्षर चुने हैं*
*नहीं अपने पराये किसी को*
*कभी कुछ नहीं कहा*
*यह तो जो ख़ून में बोले थे*
*वही हर्फ़ सुने हैं...*
*ख़ामोशी के इस पेड़ से*
*मैंने अक्षर नहीं तोड़े*

और फिर एक ख़ामोशी थी जो जगमग करने लगी।

जहां पानी का एक चश्मा था, वह जगह पत्थरों की ओट में थी, लेकिन उधर से होती हुई कुछ भीगी-भीगी आवाज़ आई और एक चिराग जलाने लगी :

*सतर सतर सूरत बीबी हीर की है*
*हरफ़ हरफ़ रांझा मेरा यार हुआ*
*पांच पीर हैं पांच हवास मेरे*
*यह ही शौक़ मेरा तलबगार हुआ*

मैंने हर्फ़ पहचाने और उस दीवाने दरवेश की ओर देखा—शाह वारिस? और देखा कि सुल्तान बाहू के हर्फ़ों ने उठकर उसकी तरफ़ हाथ बढ़ाया, कहा :

*पांच महल पांचों रोशन*
*चिराग कहां पर रखूं*

टीले की सारी रोशनी एक जादू छिड़क रही थी।

उस वक़्त एक परी-सी औरत ने चेहरे को बेनक़ाब किया और दीया जलाते हुए बोली :

*मैं तेरे दीदार के लिए*
*बादे–सबा की तरह*
*दर-दर, कूचा-कूचा तलाशती*
*मेरे ग़मज़दा दिल ने*
*सिर्फ़ तेरा इश्क़ पहन रखा है...*

हाय अल्लाह! मेरे हर्फ़ मेरे होंठों पर जम गए–यह तो हज़रत ताहिरा है।

हैरान थी, इतने पहुंचे हुए दरवेश, गुलाम फ़रीद, सुल्तान बाहू और नाथ योगियों जैसे, वारिस और ताहिरा जैसे आज यहां मीरदाद के टीले पर कैसे आ गए?

फिर खुद ही मैं हंस दी। फ़क़रों–फ़क़ीरों में कोई ग़ुमान नहीं होता। जो ख़ुदा को पहुंच चुके, उनके लिए कोई छोटा-बड़ा नहीं होता। वह ज़रूर किसी अपने जैसे कहे जाते मीरदाद को अपनी मुहब्बत देने के लिए आए होंगे।

# आवाज़

ऊपर आसमान पर कुछ बादल इस तरह घिर आए जैसे इस टीले है पर उतर रहे हों। सभी शायरों, आशिक़ों, दरवेशों की निगाह आसमान की ओर उठी और उस वक़्त आसमान से एक आवाज़ आई :

–साथियो, यह एक हर्फ़ है–'मैं'–जब भी आपकी ज़बान पर आए, दिल में कहना–ख़ुदा, मुझे 'मैं' के अजाब से बचाना; और इसकी आत्मा को देखने के लिए कहना–ऐ ख़ुदा! मेरी रहनुमाई करना।

–साथियो, यह एक हर्फ़ है–बहुत सूक्ष्म और इकहरा, जिसमें आपकी आत्मा समाई हुई है...आप एक बार इसे चख लो तो आपकी ज़बान शीरी हो जाएगी, शहद-सी मीठी...

–दरवेशो साथियों, यह 'मैं' तख़लीक़ी हर्फ़ है। यह हर्फ़ हमें हमारी मौजूदगी से आगाह करता है। बेआवाज़ और बेबदन, जिसे आपने आवाज़दार और कायादार कर दिया और जो हमारे अंदर से सुनाई नहीं देता उसे आवाज़ बना दिया। नादीदा को क़ाबिले-दीद। ताकि हम इसे देखकर ग़ैब को देख सकें।

–हमारे अंदर इस एक हर्फ़ से सोच और फ़िक्र का समुंदर छलक जाता है। वह समुंदर हमारी 'मैं' की तख़लीक़ होता है, जो एक ही समय फलसफ़ी भी होता है, फलसफ़ा भी।

–दुनियादारों ने खुद ही इस हर्फ़ को दो फाड़ कर दिया, अखंड को खंडित कर दिया। फिर 'मैं' की दरार को वह ख़ुद ही अपने मांस से भर रहे हैं। बंदा कत्ल करता, कत्ल होता ख़ून के दरिया बहाता, दरार को अपने ही ख़ून से पोत रहा है।

–वह नहीं जानते कि बंदे तो सभी जुज़ होते हैं, एक ही ख़ुदा के, और एक ही 'मैं' के।

आवाज़ ख़ामोश हो गई तो एक गहरी ख़ामोशी सब पर तारी हो गई साथ ही बेहद तस्कीन हुई। यह मीरदाद चिरागों के इस मेले में शामिल है।

कुछ देर के बाद एक दीये के पास बैठे हुए एक बंदे की ख़ामोशी टूट गई और टूटती-सी आवाज़ निकली :

*यह मेरी ज़मीन क़त्ल हुए*
*शायरों की ज़मीन है*

मैंने हर्फ़ पहचाने यह बल्गारिया के शायर ल्यूबो मीर लैवचेव के हर्फ़ थे

हवाओं की कन्नी में गांठ बांधती एक सुबह-सी आवाज़ आई :

*अब जावा की छाती धड़क न सके*
*उसे एक पत्थर ने ढंक दिया*
*और अम्बर की गलियां*
*आज चांद के मातम में बैठी हैं*

मैंने उसे कभी देखा तो नहीं था, लेकिन हर्फ़ पहचान गई, यह राशा हुसैन थी, फलस्तीनी शायरा...

सब जानते थे कि धरती के दुःखों को गिनें तो गिन नहीं पाएंगे, आसमान के जिस तरह तारे टिमटिमाते हैं, कभी गिने नहीं जाते, धरती के दुःख लोगों की छाती में उगते हैं...

पर यही तो रात थी मीरदाद के कानों में भी धरती की फरियाद सुनाने की।

उस वक़्त एक दीये की बत्ती इस तरह कांप गई जैसे अंधेरे के गले से लगकर रो पड़ी हो :

*जैसे रीढ़ की हड्डी टूट जाए*
*उसी तरह बांस के जंगल टूट गए*
*हवा को काले ख़ून में रंग दिया*
*वह लाशों के गले लगती हुई*
*फिर फिर अपने शहर को टटोल रही है*
*मेरे सभी लोग कहां गए*
*वह आग की लपटों से उत्तर मांगती है*

ये हर्फ़ भी मैं पहचानती थी, रोमानियन शायर जैबोलियानो के थे। जब उसने हिरोशिमा की मिट्टी पर पैर रखा था।

फिर कई आवाज़ें और थीं जिनके नाम मैं जानती नहीं थी, हर्फ़ भी पहचानती नहीं थी। लेकिन देखती रही कि कैसे वे आवाज़ें आसमान की छाती से लगकर सिसक-सिसककर रो रही थीं, सब सबके गले मिलकर रो रही थीं।

पहचान की जगह एक ही थी, जहां सबकी रगों में एक मुहब्बत का रंग भरा हुआ था।

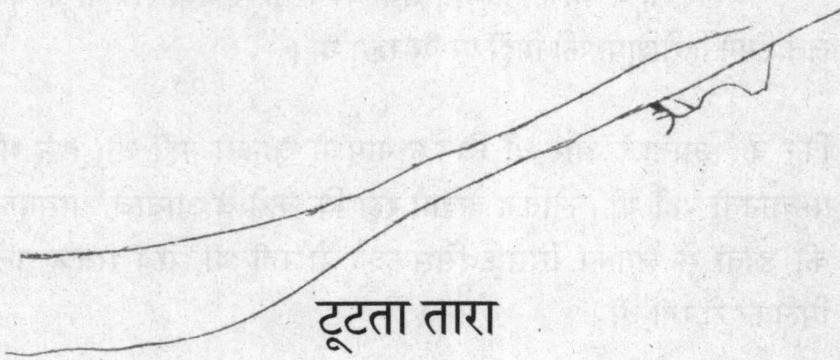

# टूटता तारा

सब टीले वालों की नज़रें चौंककर आसमान की तरफ देखने लगीं जहां आग की एक लम्बी-सी लकीर फिर गई थी, आसमान की नीली-सी छाती पर...

सबने एक तारा टूटता हुआ देखा ...

और जलती राख थी उस तारे की, जो टीले के पत्थरों पर बरस गई...जाने, यह राख भी इस टीले पर चिराग जलाने आई है...

मेरे अंदर कहीं हूक उठी, मैं उठकर राख को टटोलने लगी। ऐ ख़ुदा, यह तो सारा शगुफ्ता की नज़्में थीं जो हर्फ़–हर्फ़ होकर टूटते तारे की राख में हड्डियों की तरह पड़ी हुई थीं।

मेरी सारा...मेरे होंठों से निकला और मैं रोती-सी वह हर्फ़ चुनने लगी, और फिर चिरागों की रोशनी में उन्हें जोड़-जोड़कर देखने लगी...

जो सतर जुड़ जाती, मैं ऊंची आवाज़ में बोल देती, सब दरवेशों के कानों में डालने के लिए।

उस वक़्त एक मोअजज़ा हुआ, मैं जो सतर जोड़ती, उस सतर से एक चिराग जल जाता...

*यह क्या है*
*मैं मस्ज़िद में दुआ मांगती हूं*
तो मंदिर रूठ जाते हैं...

*कोइ रात को हमारा नमक चख ले*
*तो यह उम्र हमें–*
बेज़ायका रोटी कहा जाता है...

*मैं मां बनने के बाद भी*
*कुंआरी हुई हूं*
*मेरी मां भी कुआरी थी*
और तुम, कुंआरी मां की हैरत हो...

*मैं अपने चांद में–*
*आसमान का पैबंद क्यों लगाऊं*
*मैं चांद बेचकर*
आसमान नहीं कमाती...

*मैं किस-किस परचम के बंद खोलूं*
*क्या औरत के बदन से ज़्यादा*
कोई वतन नहीं होता ?

*हर चीज़ बह जाएगी*
*मेरे लफ़्ज़, मेरी औरत*
*यह मशरिकी गोली किसने चलाई है अमृता?*

अब मेरी रुलाई नहीं रुकती। मैं उसके हर्फ़ों की मुट्ठीयां भर-भरकर छाती से लगाती हूं।

किसी ने मेरे कंधे पर हाथ रखा; पता नहीं किसका, वह दिल को थाम लेने वाला था, बड़ी नरम-सी अंगुलियों वाला...

मैंने जल्दी से दाएं-बाएं देखा, पीछे की ओर भी देखा, कहीं कोई नहीं था। वह हाथ रखने वाला कौन था? कहां चला गया?

लगा, शायद मीरदाद ने इसी की बात की थी, ग़ैब को देखने की और ग़ैब को छू लेने की।

किसी की भी दुःखों की किश्ती में बैठने वाला वही तो है, जिसे कभी किश्ती वालों ने देखा नहीं। वह किश्ती को डूबने से बचाने के लिए बैठता है। हाय ख़ुदा, क्या यह हाथ भी उसका था?

दिल भर आया, अगर वह यहीं है कहीं, शायद दिखता नहीं तो मैं सारा के कुछ और हर्फ़ जोड़ दूं, बोलूं और उसके कानों में डाल दूं...

मैंने राख से और हर्फ़ चुने तो और दीये जल गए :

*मैं कभी दीवारों में चुनी गई*
*कभी बिस्तर में चुनी जाती हूं*

*मैं जल रही हूं*
मैं एक ठंडी कब्र का सवाल कर रही हूं...

*यह लफ़्ज़फरोशों की दुनिया है*
*यह नकाद मेरे जिस्म में भोंकना चाहते हैं*

*मेरा बच्चा बेक़फन मर गया*
*मैं घर नापती हूं तो ईंट हाथ आती हैं*

*मेरे बदन में टूटे हुए पालने*
*अब तेरा कोई नाम नहीं होगा*

*मैं ख़ुदा के हाथों से गिरी हुई दुआ हूं*
*मैं इबादत के लिए...*
*ग़ार नहीं, इंसान चाहती हूं*
*और तलावत के लिए*
*इंसानी क़ुरान*
*ऐ ख़ुदा मैं बहुत कड़वी हूं*
*मगर तेरी शराब हूं*

टीले के सारे चिरागों की लौ कांपने लगी। शायरों, आशिक़ों, दरवेशों ने अपनी-अपनी झोली की कन्नी संभाली और आंखों का पानी पोंछने लगे...यही तो दर्दमंद हैं, जो बेगानी पीड़ा को अपनी कम्बली की तरह कंधों पर उठा लेते हैं।

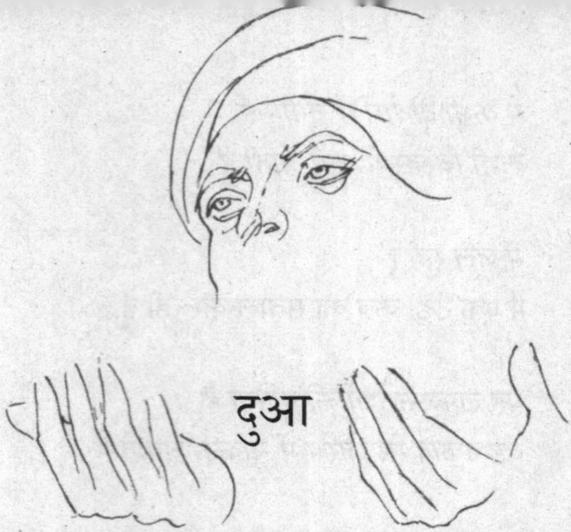

# दुआ

एक बावरी आवाज़ ने वक़्त की ख़ामोशी को गले से लगा लिया और बोला, बड़ी दरवेशी आवाज़ में

*ऐ ख़ुदा,*
*मेरे दिल पर सिर्फ़ तेरी हुक्मरानी हो*
*मुझे बंदों के ख़ौफ़ से निज़ाद दे*

चिरागों की लपट ऊंची उठकर देखने लगी, आवाज़ थी...

*ऐ ख़ुदा,*
*तारीक़ झोंपड़े में पैदा होने वाले बच्चे को*
*गली के कुत्तों से महफ़ूज रख*

*ऐ ख़ुदा,*
*लिखने वालों के कलम और हौसले*
*तेरी पनाह मांगते हैं*

*ऐ ख़ुदा,*
*उन मांओं को लम्बी उम्र दे*
*जिनके पल्लू में बंधी रात*
*कोई खोलकर ले गया*

*ऐ ख़ुदा,*
*यह काग़ज़ की किश्तियां*
*साहिल ढूंढती हैं...*

मैंने देखा टीले के कई दरवेशों के हाथ उठे उस दुआ में शामिल होने के लिए...आवाज़ आई :

*ऐ ख़ुदा,*
*मेरी सोच पर नीयत का पहरा बैठा दे*
*और सोच को ऊंचा उड़ने वाले*
*परिंदों के परों से बांध दे*

*ऐ ख़ुदा,*
*यह मौत की बेवफ़ाई है*
*मुझे खुशामद, झूठ और जहालत के जश्न में*
*उसने अकेला छोड़ दिया*

*ऐ ख़ुदा,*
*चूहे अब बहुत हो गए हैं*
*यादें कुतरते हैं*
*रात को जब लोग चूहों के लिए*
*कुड़की लगाते हैं*

तो चूहों की जगह उसमें
उनके ख्वाब आ जाते हैं
तू लोगों के ख्वाबों को
चूहेदानियों से बचा

ऐ ख़ुदा,
एटम बमों, राकेटों और मिसाइलों
की दौड़ रोक दे
ताकि अमन की फ़सल जवान हो

ऐ ख़ुदा,
सब कहानियों और नज़्मों में
सच्चाई, अमन और मुहब्बत उतार

ऐ ख़ुदा,
यह कैसा साल था
जिसे लोगों ने तिशद्दत, ज़ुल्म और
गोलियों से छलनी कर दिया...

ऐ ख़ुदा
अब सिसकियों, आहों, रंजिशों
आंसुओं, रतजगों, नाक़बूल दुआओं,
उदास शामों, बुझे नामों,
धमकियों, क़त्ल की वारदातों, चोर रातों
पुरफ़रेब बातों, बेनाम क़ब्रों
मसरहलत की आबादियों
दिल की बरबादियों

*और मैले वादों की भीड़ के सिवा कुछ नहीं है*

*ऐ ख़ुदा,*
*बंदूक की जबान को लगाम दे*

*मां के बोसे की लज्जत*
*एटम बम की गूंज से सहमी हुई*
*मां की बाहों में बहते दरिया में*
*बारूद का जायक़ा घुल गया*

मैंने भरे हुए दिल से यह दुआ मांगने वाले की ओर देखा, पहचानती नहीं थी लेकिन उसका हर्फ़-हर्फ़ मेरी सांसों में धड़कता था। यह मज़हर-उल-इस्लाम के हर्फ़ थे। मैंने बाक़ी दरवेशों की ओर देखा। मेरी ख़ामोशी उन्हें मुख़ातिब हुई और मैं मज़हर के पास जाकर उसकी दुआ में शामिल हो गई :

*दोस्तों यह बेमुराद मौसम बहुत लम्बा है*
*बारूदी हवाएं बहती हैं*
*और पेड़ों के नए पत्ते पेड़ों से गिर जाते हैं*
*टहनियों की कोख रोती है*
*पेड़ की जड़ों को देखती*
*और कहती*
*यह कैसी तक़दीर होती है*
*जो एक मिट्टी के ख़ून को*
*कई फ़िरकों में बांट देती है*
*नफ़रत रगों में बहती है*

तो सारी बद्दुआ
मांओं की कोख को लगती है...

ऐ ख़ुदा,
तेरे दर्दमंदों ने एक ख़त लिखा था
अपने हाल-अहवाल का
कि रोशनी रोज़ चुगलियां खाती है
और अंधेरा घरों की सांकल खोल देता है
रोज़ नींद की छत टपकती है
बाहर चीख़ों का मेह बरसता है
तो अंदर उनके लिहाफ़ भीग जाते हैं
वे हंडिया में दाल नहीं
ख़ौफ़ रांधते हैं
और बेजायक़ा सालन के लिए
यक़ीन का नमक
किसी बाज़ार में नहीं मिलता...
लेकिन उनका ख़त कहीं नहीं पहुंच पाया
यह ख़त को...
सच का पता नहीं मिलता

दोस्तों दुआ मांगे,
कि मौसम खुशगवार हो
कुल्हाड़ियों का मौसम बदल जाए
और पेड़ों की उम्र पेड़ों को नसीब हो
टहनियों के आगन में
हरे पत्तों को जवानी की दुआ लगे
मुसाफ़िरों के सिरों को छाया

*और राहों को फूलों का आशीष मिले*
*दोस्तों दुआ मांगों,*
*यह उदासियों का मौसम बदल जाए*
*कहते हैं कि बंदों के पेड़ों पर*
*अगर दुआओं का अर्ध्य दें*
*तो ख़ुदा महक जाता है*
*मुहब्बत के दीये जलाएं*
*तो सबमें ख़ुदा दिखता है*
*हवाओं में ख़ुदा महक जाता है*
*तो बंदे की दुआ कबूल होती है*

एक आवाज़ आई–आमीन!

सबने नज़र उठाकर आसमान की ओर देखा, पता नहीं चल रहा था कि आवाज़ आसमान से आई थी या टीले की मिट्टी से उठी थी।

# दरवेशों का टीला

सभी दरवेशों की आंखें उधर लग गईं जिधर एक गुफा में से रहमत जैसी कोई बात बाहर आती दिखाई दी। इसी रहमत ने जैसे काया पहन ली हो, सिर से पैरों तक सब्ज़ परी जैसी पता नहीं कौन थी। लेकिन कुछ ऐसे जैसे हरे पत्तों को सारे बदन पर पहनकर आई हो। नजदीक आई तो सबने देखा, उसके सिर पर हरा पटका बंधा हुआ था और उसने गले से लेकर पैरों तक एक हरा चोला पहना हुआ था।

उसके हाथों में एक बड़ा-सा थाल था जिसमें मिट्टी के सकोरे पड़े हुए थे।

वह सबको एक-एक सकोरा पकड़ाती रही–दूध का भरा हुआ।

तब आधी रात की नेमत को घूंट-घूंट पीते हुए सभी शायर, आशिक़ और दरवेश इस रहमत में भीग गए, आसमान भी मेहरबान था और टीला भी।

फिर मैं नहीं जानती, कौन दरवेश था जो अपने चिराग की रोशनी में बोला–दोस्तो, यही मीरदाद है जिसने हर तरह के कर्ज़ की बही झाड़कर

लोगों को कर्ज़दारी से मुक्त किया था। कहता था–अरे ख़ुदा ने कभी तुम्हें सूरज की रोशनी कर्ज़ दी है? पानी की नदियां कर्ज़ पर चढ़ाई हैं? कभी पवन को ब्याज पर दिया है? फिर ख़ुदा की गनीमतों को आप कैसे कर्ज़ पर देते हो और ब्याज़ लेते हो?

वह दरवेश हंसने लगा और कहने लगा–यह तो तब जानें, जब बंदा सूरज को कर्ज़ पर उठा दे जिससे रोशनी लेता है, ये नदियां भी गिरवी रख दे जिनके पानी से प्यास बुझाता है और ये हवाएं भी ब्याज पर दे दे जिनमें सांस लेता है।

सारी महफ़िल में जैसे फूल बरस गए। वह साईं दरवेश फिर कहने लगा–आज आप सबमें, अपने बराबर के लोगों में बैठकर मेरी ख़ामोशी का व्रत खुल गया। मैंने आप सबके हर्फ़ होंठों से लगाकर अपना व्रत खोला...

एक किसी और साईं दरवेश ने उठकर कहा–यह मीरदाद था जिसने दुनिया वालों को कहा था, मुहब्बत एक ही ख़ुदाई क़ानून है। और जितने भी हुक्म आपको दिए गए हैं, मैं वह सारे उतारने आया हूं, आपको स्वतंत्र करने के लिए...

उस वक़्त दिलों में उतरती एक आवाज़ आई, जाने किसकी, जिसने कहा–यह आप दरवेशों की अज़मतें कि कई बार धरती पर ऐसे शायर और आशिक़ होते हैं, जो इंसानी दिलों की वीरानियों के कर्ज़ उतारते हैं...

यह वक़्त था टीले के सारे पत्थरों से एक महक आने लगी...

एक कोई और दरवेश था। उठकर कहने लगा–मैं भी आप सबकी दुआओं में शामिल हूं। आज वे लोग जो अपने बच्चे नफ़रत की कोख से पैदा कर रहे हैं, नहीं जानते कि वे किसी दिन उन्हें नफ़रत की क़ब्र में डाल देंगे, नहीं जानते कि जैसी कोख होती है, वैसी क़ब्र मिलती है... बारूदगी मौसमों में सिर्फ़ दुश्मन नहीं मरते, दोस्त भी मरते हैं; सिर्फ़ बेगाने नहीं मरते, अपने भी मरते हैं और वह खुद भी उसी में समा जाते हैं। जो लोग मौत बांटते हैं, वे मौत को खुद ही अपने घर बुलाते हैं...

एक और आवाज़ आई, पता नहीं किस आशिक़ दरवेश की–हम सब मित्रों को यह चिरागों की रात कभी भूल नहीं पाएगी ख़ुदा की रहमत जैसी, और मैं आपको बताता हूं कि वह नूह की किश्ती में बैठने वाला चोरी का मुसाफिर, इस वक़्त यहां हम सबमें बैठा हुआ है... हमें दिखाई नहीं देता लेकिन ख़ुदा भी तो किसी को दिखाई नहीं देता। जिस तरह वह होता है, बस होता है। मीरदाद भी है, बस है...

लगा, सबका मन दूध के उन सकोरों की तरह छलक पड़ा है जो अभी किसी सब्ज़-परी ने दिए हैं।

एक और दरवेश ने उठकर कहा–मैं आपको यक़ीन दिलाता हूं कि आज चाहे हमारी धरती प्रलय की किश्ती की तरह डोल रही है, जालिम हथियारों ने कतारें बांधी हुई हैं लेकिन यह किश्ती डूबेगी नहीं। हमारी मुहब्बत की भरी हुई इस किश्ती में चोरी का वह मुसाफ़िर भी बैठा हुआ है जिसने नूह की किश्ती को डूबने नहीं दिया...और आज वह हमारी सांसों में सांस बनकर बैठा हुआ है...

इतने में चढ़ते सूरज की पहली लाली ने अम्बर की एक कन्नी सुर्ख कर दी...

उसकी रोशनी टीले पर पड़ी तो टीले के जो पेड़-पत्ते पहले रात के अंधेरे में दिखाई नहीं देते थे, वे दिखाई देने लग गए। वे फूलों से भरे हुए पेड़ थे।

यह तो सुना हुआ था कि महात्मा बुद्ध जिस राह से गुज़र जाते, वहां फूल खिल जाते थे लेकिन यह रात ऐसी बात आंखों देखने वाली रात थी। इन पेड़ों को ज़रूर आज के आशिक़ों, दरवेशों की बैठक ने फूल दे दिए होंगे।

फिर हवा के एक झोंके से, बहुत से फूल पेड़ों से झड़कर टीले पर बिछ गए...जैसे किसी ने इस टीले पर फूलों की चादर चढ़ा दी हो...

# मीरदाद की किताब

**मिखाईल नेइमी**

दुनिया के इस अदीब दरवेश का जन्म 1889 ईस्वी का है। इसका गांव तीन ओर से पहाड़ों से घिरा हुआ मुश्किल से दो हज़ार आबादी का, लेबनान का था।

उसका परिवार यूनानी ईसाइयों का परिवार था जो दूसरे लोगों की तरह ज़मीन की काश्त करता था।

बहुत ग़रीब लेकिन मेहनती घर में पैदा हुए नेइमी क़ी मां का एक छोटा-सा सपना था कि उसके घर में पैदा होने वाले बच्चों के हाथ में कभी किताबें और कापियां हों, फिर इतना सब पढ़ जाएं, अक्षर उठाने लगें कि नातेवाले, गांववाले उनसे ख़त लिखवाने और पढ़वाने आएं।

भोली मां यह नहीं जानती थी कि एक दिन उसके बेटे नेइमी के हाथ में पकड़ी हुई कलम ऐसी होगी जिसे दुनिया जानेगी और उसकी नज़र ऐसी होगी जो आसमान तक पहुंचकर कायनात की खूबसूरती को

पहचान जाएगी।

यह किताब–'मीरदाद की किताब'–उसने 1946 में लिखी थी, अंग्रेजी में। फिर 1952 में उसने खुद ही इसका तर्ज़ुमा अरबी में किया।

रहनी-बहनी से वह एक दरवेश था, और उसका एक ही मित्र था–ख़लील जिब्रान। ख़लील जिब्रान की रचना 'पैगम्बर' और मिखाईल नेइमी की यह 'मीरदाद की किताब' कायनाती इल्म के जलते हुए चिराग हैं।

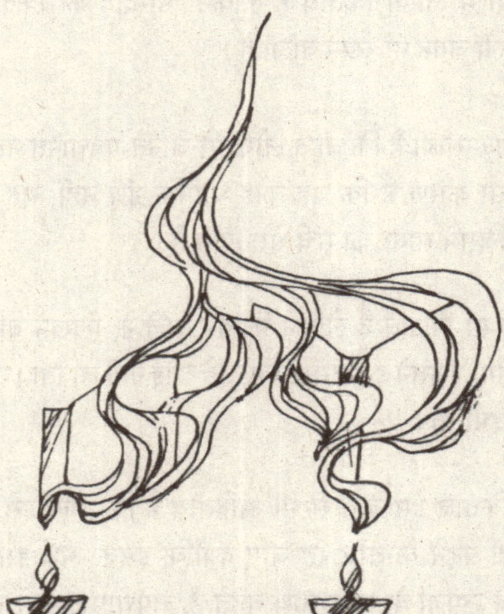

# ओशो के लफ़्ज़ों में

दुनिया में लाखों किताबें हैं लेकिन 'मीरदाद की किताब' सबसे पहली जगह पर रखने वाली है।

यह बदनसीबी है कि बहुत लोग इसे जानते-पहचानते नहीं जिसका एक सादा-सा कारण है कि यह कोई धार्मिक ग्रंथ नहीं, यह सिर्फ़ एक किताब है, जिसमें सागर का सच भरा हुआ है।

छोटी-सी किताब है लेकिन लिखने वाले ने, लिखने वाला कहना ठीक नहीं होगा, जिसने इसे जन्म दिया, उसे कोई नहीं जानता। उसका नाम मिखाईल नेइमी था।

यह किताब इस बात से भी अद्वितीय है कि आप इसे पढ़े, और बिलकुल ही पढ़ने के बगैर रह जाए क्योंकि इसके अर्थ इसके लफ़्ज़ों में नहीं हैं, वे लफ़्ज़ों के साथ-साथ बहते हैं, चुपचाप लफ़्ज़ों के बीच के अंतराल से।

अगर आप ध्यान में बैठना जानते हैं, और अगर आप इसे सिर्फ़ पढ़ नहीं रहे, तो देख पाएंगे कि इसके बीच इंसान का पूरा रूमानी पहलू समाया हुआ है। यह पहले अक़्ले-इल्म से देखा-जाना हुआ नहीं है, यह घूंट-घूंट पिया हुआ है। लफ़्ज़ है, लेकिन वह दूसरी जगह पर है। कोई और चीज़ है जो पहली जगह पर है। एक ख़ामोशी जो लफ़्ज़ों से उठती है, सुंगधि की तरह, एक ध्वनि जो लफ़्ज़ों से निकलती है। इसके लफ़्ज़ कहीं मस्तक में तारी होते हैं, और ध्वनि सीधा मन में उतरती है।

यह दिल से पढ़ने वाली किताब है, यह किताब समझनी नहीं है, अनुभव में उतारनी है।

लाखों लोगों ने कोशिश की है, किताबें लिखने की, अकथ को कहने की पर कोई नहीं कह सका। मैं सिर्फ़ एक किताब जानता हूं, यह 'मीरदाद की किताब', जो अगर आपको छूती नहीं तो कोई ख़ामी इसमें नहीं आपमें होगी।

मैं तब पढ़ता था, युनिवर्सिटी में, और हर इतवार को मैं शहर के उस बाज़ार में जाता था जहां चोरी की चीज़ें बिकती हैं। मेरी नज़र किसी और चीज़ की तरफ़ नहीं जाती थी, सिर्फ़ किताबों की तरफ़। वहां मैंने यह तलाश ली थी, मीरदाद की किताब। एक दुकान वाला जाने किसकी लाइब्रेरी चुरा लाया था। सभी किताबें अच्छी थीं, क़रीब तीन सौ होंगी और बेचने वाला उन सारी तीन सौ किताबों के बदले एक सौ रुपया मांग रहा था। मैंने उसे सौ रुपया दे दिया।

वह बेचने वाला कहने लगा–ये सब चोरी की हैं और अगर अभी

पुलिस आ गई तो मैं तुम्हारा नाम ले दूंगा। क्योंकि यह तो कोई भी पहचान सकता है कि ये किताबें किसकी हैं, ये एक रिटायर हुए प्रोफ़ेसर की है।

मैंने कहा–फ़िक्र मत करो।

और पुलिस सचमुच आ गई–तुम्हें बेचनेवाले ने ज़रूर बताया होगा कि ये चोरी की किताबें हैं, तुमने फिर भी खरीद लीं?

मैंने कहा–मैंने आपसे बातें नहीं करनीं, आपमें कोई मुझे उसके पास ले चले। जिसकी ये किताबें हैं।

पुलिस पूछने लगी–वह किसलिए?

मैंने कहा–उसके साथ मैं आसानी से बात निपटा लूंगा। वह एक बुज़ुर्ग प्रोफेसर है।

वह मुझे उसके घर ले गई मैंने बीच का दरवाजा भेड़ लिया और बुज़ुर्ग प्रोफेसर से कहा–आप सभी किताबें पढ़ चुके हैं, अब फिर से आपसे पढ़ी नहीं जाएंगी, मैं ठीक वही आदमी हूं, जो आपको मिल गया है, आपकी किताबें पढ़ने वाला।

उसने मेरी तरफ देखा, कहा–तू अजीब आदमी है, तूने मेरी चोरी की किताबें खरीदीं और मुझे ही यह कहने के लिए आ गया कि तू ही सही आदमी है, इनको पढ़ने वाला।

मैंने कहा–मैंने हक़ की बात की है। आप इन्हें पढ़ चुके हैं और अब आपकी आंखें इतनी कमज़ोर पड़ गई हैं कि आप इन्हें फिर

से नहीं पढ़ सकते। ऐसे ही अलमारी में रखी रहेंगी। मैं आपको पांच सौ किताबें ला देता हूं, छः सौ ला देता हूं, अलमारियों में सजाने के लिए और आप उनके बदले में ये तीन सौ मुझे दे दें। तीन सौ नहीं देनी तो एक दे दीजिए, मीरदाद की किताब। मुझे यह परवाह नहीं कि यह चोरी की है या नहीं।

वह बुज़ुर्ग मेरी तरफ़ देखने लगा। फिर पूछने लगा–तुम्हें यह किताब पसंद है?

मैंने कहा–सिर्फ़ पसंद नहीं, मैं हज़ारों किताबें पढ़ चुका, लेकिन कोई इस जैसी नहीं है।

उसने मुझे पचास रुपए दिए, कहा–तुम अभी पढ़ते हो, तुम्हारे पास बहुत पैसे नहीं होंगे, तुम अभी किताबें रख लो! मैं तुमसे सहमत हूं, कि ये किताब सही आदमी तक पहुंच गई हैं। जिसने चोरी की है, उसे भी कुछ देना बनना है, कि उसने ठीक आदमी तक पहुंचा दीं। नहीं तो मेरे बाद ये जाने किसके हाथ पड़तीं...

"मैं सारी ज़िंदगी अच्छी किताबें इकट्ठी करता रहा, तुमने जिस वक़्त मीरदाद की किताब का नाम लिया, सारा सौदा पक्का हो गया। तुम यह पचास रुपए ले जाओ, फिर भी अगर कभी ज़रूरत पड़े तो और ले जाना। मैं अकेला हूं। कोई बीवी, बच्चा नहीं है, और मेरी गुज़र-बसर के लिए मेरी पेंशन काफी है। तुमने जब कभी किताबें खरीदनी हों तो आकर पैसे ले जाना...

वह फिर एक गहरी सांस लेकर बोला–तुम्हें यह किताब 'मेरा मीरदाद' पसंद है इसलिए तुम मेरे परिवार के हो गए। मैंने बहुत दोस्तों

को आज़माया था लेकिन मीरदाद किसी की पकड़ में नहीं आया। मैं शायद तुम्हें ही तलाश रहा था...और कितनी अजीब बात है कि मीरदाद ने खुद ही तुम्हें तलाश लिया...

इस तरह मैंने मीरदाद की किताब पाई थी, आपको मिल जाए तो आप इसे भगवद्गीता की तरह न पढ़ना, बाइबिल की तरह न पढ़ना, इसे निहायत बेहतरीन शायरी की तरह पढ़ना। यह ध्यान में से उठा हुआ एक पैगाम है। यह अक्षरों के कूट अक्षर हैं, इनके अर्थ आपके अंदर से गूंजेंगे...

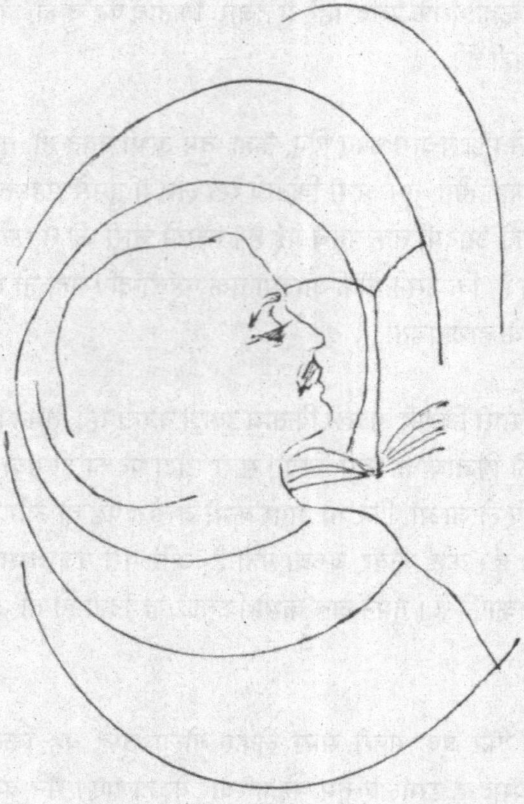

# मीरदाद की कहानी

जिस काल में जल-प्रलय आई थी, दुनिया गर्क़ हो गई थी, उस तूफ़ान में, तब जिस नूह ने एक किश्ती बनाकर अपने कुछ लोगों को बचाया था और दूधिया पर्वत पर कायम किया था, मीरदाद की कहानी वहां से शुरू होती है। नूह ने इस दुनिया से जाने के वक़्त अपने बेटे को बुलाकर कहा था–पर्वत की सबसे ऊंची चोटी पर एक घर बनाना, जहां चुने हुए नौ लोगों को रखना, जो हमेशा नौ की गिनती में रहेंगे। अगर कोई एक दुनिया से चला जाए तो उसकी जगह भरनी होगी। वह नौवां ख़ुद ही ख़ुदा भेज देगा, जो ख़ाली जगह को भरेगा। वह नौ हमेशा रूहानी रास्ता बताने वाले होंगे।

कहते हैं, उस वक़्त बेटे ने घर के लोगों को बुलाया, चाहे वहां और भी कई लोग थे लेकिन घर के आदमी आठ थे। नूह ने कहा था–वह नौवां अदृश्य है, उसे सिर्फ़ मैं देख सकता हूं, वह हमेशा मेरे साथ रहा है। उसी नौवें को कभी न भूलना और हमेशा उसकी जगह बनाए रखना।

इस तरह एक ऊंचे पर्वत के शिखर पर एक स्थान बना था। फिर एक आदमी दुनिया से चला गया। उसकी जगह ख़ाली हो गई, तब एक

अजनबी वहां आया, कहने लगा–मैं ख़ाली जगह को भरने के लिए आया हूं।

उस स्थान का चाहे यह नियम था कि ख़ाली जगह को भरने के लिए जो भी दरवाज़े पर आएगा, वही ख़ुदा का भेजा हुआ होगा। लेकिन तब उस स्थान का मुखिया एक दुनियादार था। उसे उस आने वाले अजनबी का हुलिया पसंद नहीं आया। उसके बदन पर कोई कपड़ा नहीं था और सारा बदन खरोंचा हुआ था जिसमें से ख़ून रिस रहा था। वह बड़ी मुश्किल राहों से गुज़रता, मरता-जीता मुश्किल से इस जगह पर पहुंच सका था। मुखिया ने उसे रखने से इंकार कर दिया लेकिन वह अजनबी खड़ा रहा, और आख़िर उसे एक दास बनाकर वहां रख लिया।

सात बरस गुज़र गए, लेकिन जब आठवां बरस आया तब उस स्थान के सात लोग उस अजनबी के जादू में लिपटे हुए थे। उस स्थान को छोड़कर चले गए। अजनबी ने मुखिया को श्राप दिया–एक दिन आएगा जब तू प्रेत-सा बन जाएगा।

उन वादियों के लोग इस बात की गवाही देते हैं जो पर्वत के पैरों में बिछी हुई थी कि उन्होंने उस स्थान के मुखिया को पहाड़ी राहों पर भटकते हुए देखा था। लेकिन जब भी कोई उसके सामने पड़ता वह प्रेत-सा मुखिया आलोप हो जाता।

इस चली आती पहाड़ी कहानी ने मीरदाद किताब लिखने वाले को इस क़दर बेचैन कर दिया कि पहाड़ी पगडंडियों पर घूमते हुए उस प्रेत की सोचने लगा। इसी बेचैनी में उसने उस पर्वत की राह पकड़ी जिसके शिखर पर पहुंचना बड़ा मुश्किल था...

वह एक छड़ी हाथ में लेकर और रोटी के टुकड़े साथ बांधकर पर्वत पर चढ़ने लगा। राह सीधे पत्थरों की बनी हुई थी। उसके शिखर पर पहुंचना ज़िंदगी का ख़तरा था। रास्ते में अजीब चीज़ें मिलती गईं। उसकी छड़ी, उसकी रोटी और उसके तन के कपड़े सभी उससे जुदा होते गए। वह एक जगह बेहोश-सा गिर गया। होश में आया, तब उसने देखा कि एक कोई बहुत बूढ़ा आदमी उसके चेहरे पर पानी छिड़क रहा है और उसके ज़ख़्मों को पोंछ रहा है।

उस बूढ़े आदमी ने कहा–मैं तेरा ही इतंजार कर रहा था, क़रीब एक सौ पचास बरस हो गए हैं। यह बात पक्की थी कि एक दिन तुम्हें यहां आना था नंगे, भूखे और ख़ाली हाथों। तभी तो रास्ते में तुम्हारे कपड़े उतार लिए गए, तुम्हारी छड़ी छीन ली गई, रोटी के टुकड़े भी। मैं एक अमानत लेकर यहां बैठा हूं। एक किताब जो तुम्हें सौंपनी है, इसलिए कि तुम उसे दुनिया को दे सको।

और उस बूढ़े आदमी ने कहा–मेरा नाम शमदाम है। मैं ही बदनसीब इस स्थान का मुखिया हूं। यह किताब मैं जब तेरे हाथ में दे दूंगा, मैं उसी क्षण पत्थर का हो जाऊंगा, और इस प्रेती ज़िंदगी से मुक्त हो जाऊंगा।

शमदाम ने वह किताब मिखाईल नेइमी को पकड़ा दी, उसकी एक अमानत। किताब को लेने वाला हैरान था। फिर उसने सारे खंडहर को छान मारा चप्पा-चप्पा, पर कोई कहीं नहीं था। वह शमदाम जाने कौन-सा पत्थर होकर पत्थरों में पड़ा था।

यह पृष्ठभूमि है इस किताब की, जहां से किताब की इब्तदा होती है। सारी किताब बातचीत की सूरत में है–मीरदाद और उसके मुरीदों में। यह बातचीत तब हुई जब वह एक दास की सूरत में उस स्थान

पर रख लिया गया था। बीच-बीच में मुखिया के साथ हुई बातचीत भी है। इस बातचीत में ज़िंदगी के सारे पहलू समाए हुए हैं—मोहब्बत, मालिक और गुलाम का रिश्ता, तख़लीक़ी ख़ामोशी, पैसा, साहूकार और कर्ज़दार, ज़िंदगी और मौत के बीच में चलता हुआ वक़्त और पश्चात्ताप। मीरदाद का हर्फ़-हर्फ़ उसके एक मुरीद नरौंदा ने काग़ज़ पर उतार लिया। वही काग़ज़ फिर वक़्त पाकर किताब की सूरत में दुनिया के सामने आए।

यह किताब जब मैंने पाई, हर्फ़-हर्फ़ पीकर उतार लिया, तो एक रात जब सो रही थी तब मुझे एक काग़ज़ मिला।

जागी तो काग़ज़ कहीं नहीं था। लेकिन उसका हर्फ़-हर्फ़ मेरे सामने था। वह मैंने काग़ज़ पर उतार लिया...

वह काग़ज़ हाथ में लेकर न जाने कब तक बैठी रही। फिर इमरोज मेरे कमरे में आए तो मैंने कहा—जाने मेरे साथ यह क्या हुआ! देखो यह काग़ज़ यह मैंने लिखा नहीं, मैं सो रही थी जब यह एक फ़रमान की तरह मिला। जानती हूं कि सभी फ़रमान अपने अंदर से ही उठते हैं, कहीं बाहर से नहीं आते...पर इसे देखो-पढ़ो।

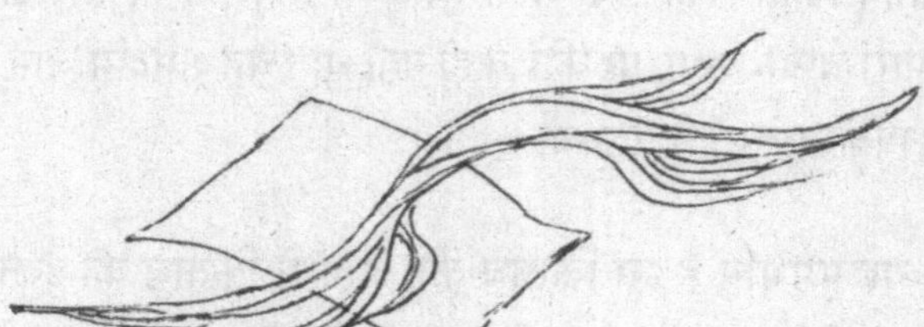

# वह काग़ज़

मीरदाद की तख़लीक़ अपने वजूद में ख़ुदा की तख़लीफ़ है। कोई भी भी ख़ुदा अपनी सोच और समझ से बड़ा नहीं होता। इसीलिए दुनिया वालों से ख़ुदा खो गया है क्योंकि उनकी तौफ़ीक़ खो गई है।

लगता है, यह कायनाती चेतना थी, जिसने मिखाईल नेइमी को अपने बराबर का कर लिया और फिर खुद उसके वजूद में आ गई...

यह किताब–मीरदाद–एक ध्वनि है हल्की-सी जो किसी बजती हुई रबाब का पता देती है। जिस तरह बहुत दूर से आती पानी की आवाज़ किसी जगह पानी का पता देती है। रास्ता तो खुद ही तलाशना होता है, उस तक पहुंचने के लिए।

यह भी हो सकता है कि कुछ पहाड़ी मोड़ों पर आकर वह आवाज़ खो जाए, और उसे सुनने के लिए हवाओं को कान लगाने पड़ें लेकिन अगर कोई तौफ़ीक़ हो, तो वक़्त आ सकता है कि उस आवाज़ के पास पहुंचते-पहुंचते वह ध्वनि आपको अपने अंदर से सुनाई देने लग जाए... कुछ इस तरह जैसे किसी जगह दीवारों की ओट में कई तारों वाले साज पड़े

हों, पर एक को कोई बजा रहा हो तो बाक़ी के साज़ों की तारें खुद ही बजने लग जाती हैं।

यह चिरागों की रात उसी सपने वाले काग़ज़ ने मेरे से कलमबंद करवाई है। वह सभी कुछ दिल के होशो-हवास से लिखा हुआ है–रग-रग में से उठती कल्पना को लेकर–लेकिन उसके पीछे वह एक काग़ज़ खड़ा है जो एक रात मेरे ही ग़ैबी पहलू ने मेरे हाथ में कलम देकर लिखवाया था।

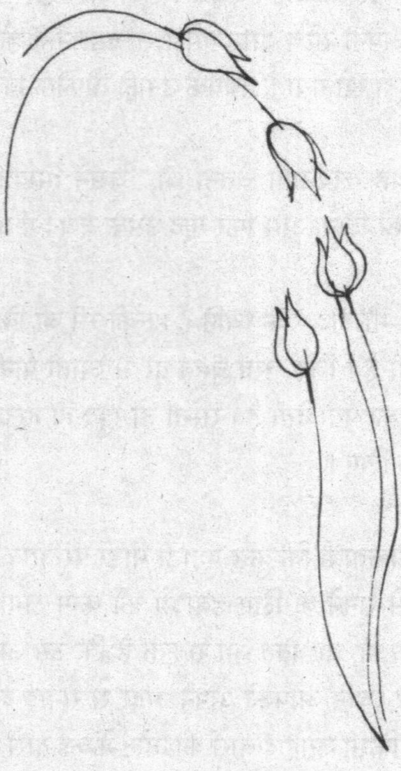

# दरवेशों का टीला

गोपीनाथ कविराज का नाम बहुतों ने सुना है। शायद उनकी जीवनी पढ़ी होगी–मनीषी की लोक यात्रा–जिसमें उनके गुरु स्वामी विशुद्धानंद जी का चित्र भी है और ज़िक्र भी कि रहस्यमय इतिहास में वह एक व्यक्ति ऐसे हुए हैं, जो स्थूल काया में होते हुए आसमान के एक क्षेत्र में कई बरस रहकर आए थे। सूक्ष्म काया में विचरते हुए कइयों को ये तजुर्बा होता है, जो स्थूल काया को छोड़कर सूक्ष्म काया में रमण करने हैं और क़ुदरत के कई रहस्य उन्हें दीदार देते हैं...

आसमान के एक क्षेत्र का नाम ज्ञानगंज है, जो धरती की किसी ऊपर की सतह पर है, कायनाती तरंगों का बना हुआ है, जहां घर, आंगन, बेल, पौधे, पेड़ उसी तरह हैं, जिस तरह धरती पर होते हैं पर वे रंगे- इलाही होते हैं और जहां संत-महात्मा और दुनिया के पहुंचे हुए लोग जब स्थूल काया को छोड़ते हैं, तो उनका प्रवेश वहां ज्ञानगंज में होता है, जहां वे सूक्ष्म काया में रहते हैं।

गोपीनाथ जी की लिखी हुई अलग से एक किताब है–ज्ञानगंज–जिसमें विशुद्धानंद जी के तजुर्बे का ब्यौरा है कि उन्होंने वहां कई बरस

रहकर सूर्य-विज्ञान का इल्म पाया था, और जब लौटकर धरती पर आए तो उनके पास छोटा-सा एक आतिशी शीशा था, जिसकी मदद से वह सूर्य-किरणों को पहचानकर किसी फूल या वस्तु पर केंद्रित करते थे और फिर किरणों को अदल-बदलकर वह फूल की सूरत बदल देते थे। चम्पा को इसी तरह करते तो वह गुलाब बन जाता। इसी तरह और कई कुछ।

यह कोई नज़र का भ्रम नहीं था, जिन्हें वह कोई फूल दे देते, वह कई बरस उसके पास सलामत रहता। गोपीनाथ जी ने भी कई वर्ष उनका दिया हुआ फूल अपने पास रखा था।

कहते हैं–ज्ञानगंज कोई एक नहीं, कई हैं, धरती के अलग-अलग क्षेत्रों में, जहां उस क्षेत्र के ऋषि-मुनि, संत-महात्मा, पीर-फ़कीर अपनी-अपनी सूक्ष्म काया में रहते और आसमान में विचरण करते हैं, जब तक वो चाहें। उस काया में बने रहना उनकी अपनी मर्ज़ी पर होता है...

यह भी कहा जाता है कि उनमें से कई जलाली किरणें धरती की ओर भेजते हैं, ताकि यह धरती फ़ना होने से बच जाए। श्री अरविंद ने भी सुपरमैन का कई जगह ज़िक्र किया है, जिसे वह अपनी धरती पर उतार लेना चाह रहे थे, लेकिन उनका यह प्रयास अधूरा रह गया कि उनकी अपनी स्थूल काया छूट गई।

पढ़ी-सुनी जानकारी के अलावा मेरे मेहरबान साईं काका हैं जिनका ज्ञानगंज में कई बार जाना होता है। वहां से कोई दो महात्मा आते हैं जो उन्हें वहां ले जाते हैं–सूक्ष्म काया में। साईं काका जब दिल्ली में हों, मैं उनके पास बैठकर कई खुद सुन सकती हूं, उनका अपना आंखों देखा। वहां शिरडी साई से उनकी अकसर मुलाक़ात होती है और वह बताते हैं कि वहां कई आत्माएं तो अपने में लीन हैं लेकिन कई ऐसी

आत्माएं हैं कि धरती को एटम की तबाही से बचाने का लगातार यत्न कर रही हैं।

साईं काका कई बार मेरे लिए भी कुछ पैगाम जैसा लाते हैं, यह पैगाम शिरडी साईं का होता है...

कई आश्चर्यजनक घटनाएं मैंने होशो-हवास में आसमान में होते हुए देखी हैं, जिनका रहस्य मैं नहीं पा सकी। जिस तरह एक बार आसमान में हवन होते देखा, पर हवन करने वाला कोई नहीं दिखाई दिया। आग में आहुति कौन डाल रहा था, कोई नहीं दिखाई दिया पर हवन की आग की लपटें देखीं, मंत्रों की ध्वनि भी सुनी–लेकिन यह सब कुछ देख-सुनकर होश में आई तो मैं हैरान थी। किसी से कुछ पूछ नहीं पाई और यह वाक़या काग़ज़ों पर दर्ज किया और ख़ामोश रह गई।

कुछ दिनों के बाद जब साईं काका दिल्ली आए। मैंने अभी उन्हें उस दृश्य का कुछ नहीं कहा था कि वह कहने लगे–इन दिनों एक रात मैंने आसमान में हवन होते देखा। पर हवन करने वाला कोई दिखाई नहीं दिया। जब ज्ञानगंज जाना हुआ तो मैंने यह बात शिरडी साईं से पूछी। वह कहने लगे, 'हवन हुआ था। सूक्ष्म आत्माओं ने किया था। पर आपको हवन का दर्शन हुआ है, सूक्ष्म काया वाली आत्माओं का नहीं। वह भी कभी हो जाएगा'...

यह सुनकर जैसे मेरी सांस रुक गई, मैंने श्री काका को अपना देखा हुआ वह मंजर बताया, जो ठीक वही था जो काका ने देखा था...

कई बार तो कोई आवाज़ बोलकर किसी मंजर का रहस्य बता देती है, लेकिन कई बार कहीं कोई आवाज़ नहीं होती। पूर्वजन्म में मेरी मौत

कब हुई थी, वह साल, महीना, तारीख़ एक बार किसी अम्बरी आवाज़ ने बोलकर मुझे बता दी थीं। कैसे हुई थी, यह बात भी एक देवमूर्ति ने मुंह से बोलकर बता दी थी। लेकिन जब मैं चाहूं कि किसी से कुछ बात कर सकुं, यह मेरे वश में नहीं है। कुछ शक्ति-कण होते हैं कुदरत के, जो कोई लीला रचा जाते हैं।

लेकिन अब मुझे ख़ुदा बख्शे कि जाने क्या देखा है–आसमान में, जिसकी बात करने वाला कोई नहीं, लेकिन पता चलता है कि यह दरवेशों का टीला है, और यहां आशिक़ों और दरवेशों की आत्माएं हैं, सूक्ष्म काया में...

बस क्षण-भर का झांवला था। और जब मैं होशो-हवास में आई तो हैरान-सी रह गई. ..क्या पता. ..जैसे हमारी धरती पर योगियों के टीले कई जगह हैं, गोरखनाथ का टीला भी, उसी तरह शायद वहां भी हो।

इतना-सा सुना-पढ़ा जानती हूं कि आसमान के कई क्षेत्र ऐसे हैं जहां अपनी आमद का चाहे पता न चले पर जब हम सो जाते हैं, हमारी सूक्ष्म कायाएं धरती की सतह से ऊपर रमण करती हैं, तो कई क्षेत्र ऐसे हैं जिनके शक्ति-कण कुछ उनमें उतर जाते हैं...यूनान का एक दरवेश दास्तकालोस तो अपनी मर्ज़ी से उस सतह पर चला जाता था, जहां से एक मुट्ठी शक्ति-कण लाकर वह कई मरीज़ों को राज़ी कर देता था।

यह तो ख़ुदा जाने कि ओशो को किस-किस शक्ति क्षेत्र से अपने ज्ञान और वाणी पर अधिकार हासिल होने का वर मिला था, लेकिन एक बार उन्हें बेपनाह मुहब्बत करने वाले एक मुरीद ने देखा था कि ओशो किसी जन्म में लामा थे, और उनका वह शरीर अभी तक उसी तरह कहीं रखा हुआ है। उसने वह शरीर देखा-पहचाना। फिर यह बात उसने जब

ओशो से पूछी–यह ठीक है पर इसके बारे में बोलने की ज़रूरत नहीं है। कई किताबें बताती हैं कि तिब्बत के क्षेत्र में एक जगह है, अम्बरी सतह पर जहां कई गुज़रे हुए लामा अभी तक संभाले हुए हैं–स्थूल काया को।

और जो हमारे फ़रीद थे, बाहू और शाह हुसैन, जिनके अंदर कोई एक चम्पा खिली थी जिसकी महक से भरे हुए वह सारी हयाती गाते थे।

और रेतथलों को चीरने वाले, दरियाओं को तैरने वाले हमारे आशिक़ वह भी तो कायनाती शक्तियों का इज़हार होते हैं और जो इश्क की दास्तान कहते हैं, दरवेश होकर उन पर ख़ुदा जाने कौन-सी शक्ति नाज़िल होती है...सोचती हूं–शायद वह दरवेशों का टीला ही हो जहां से शक्ति की एक मुट्ठी भरकर अपने हर्फ़ों में उतार लेते हैं।

उनके अंदर जाने कैसी दीवानगी खिलती है। वो रोते हैं, रातों को जागते हैं और सोये हुए अक्षर जाग जाते हैं...

ख़ुदा उन्हें सलामत रखे!

इस मलामती दुनिया में वो आते भी रहे और ख़ुदाया, आते भी रहेंगे!

वह भी आकर दरवेशों के टीले पर चले जाएंगे, कई चले गए हैं, लेकिन ख़ुदा! उनके हर्फों को सलामत रखना कि कभी-कभी उनकी आवाज़ दुनिया वालों के भी कानों में पड़ती रहे।

# एक पहाड़ी मोनेस्ट्री

मां सिरिया के सूरजी आसमान के नीचे लेबनान की वादी है जिसके एक तरफ ऊंची चोटियों वाले बर्फ़ीले पर्वत हैं और दूसरी तरफ मध्य सागर का नीला पानी...

इसकी ढलानों पर कई कॉमी बसी हैं, कइयों को इसने पनाह दी और इस वादी में कई तहजीबें पैदा हुईं। इन ढलानों के पास ज़रखेजता कम थी लेकिन यह कमी क़ुदरत के हाथ से बोये हुए चीड़ के पेड़ पूरी करते हैं। इस वादी में रहने वाले बेड़े बनाते थे और चीड़ की लकड़ी एक दौलत की तरह लादकर यूनान को बेच आते, जहां उस लकड़ी से बड़े-बड़े मंदिरों के खम्बे बनते, जो वहां की तहजीब का एक क़ीमती पहलू था और यह पहलू वहां के शायरों-दरवेशों की रूहानी तसल्ली था।

ये पेड़ वादी की खूबसूरती हैं। पहाड़ी ढलानों के गीत सितारों से बातें करते हैं और पेड़ों के पत्तों की सांय-सांय वादी के लोगों को रात होने पर लोरियां गाकर सुला देती है।

इस वादी में पहाड़ों के शफ़ाफ चश्मे हैं, सदियों तक इस वादी की

कमसिन औरतें मिलकर जंगल में जातीं, वो फूल चुनतीं जो क़ुदरत ने उनके लिए जी भरकर उगाए होते थे। फूलों की झोलियां लाकर वे मिलकर गातीं, नाचतीं, वो फूल नदियों-चश्मों के पानी में भी अर्पित करतीं और अपने लिए किसी बहार की ऋत्तु में सीरियन देवता जैसे किसी खूबसूरत मर्द की मुराद मांगतीं।

इस वादी का नाम क्वादिशा है। सदियों से पड़ा हुआ नाम जो किसी पाकीज़गी का संकेत है। इस अमन की एकांतिक वादी में अंगूरों और अंजीरों जैसे फल जी भरकर उगते हैं।

क्रिश्चियनिटी के आरंभिक दिन थे, जब एक पादरी वहां आया था– सेंट मारून और इस वादी के कई लोग उसके मुरीद हुए। इसी लेबनान का एक कस्बा था बेहैरी, जहां ख़लील जिब्रान का जन्म हुआ। सारी आबादी के घर पत्थरों के बने हुए थे। जिन्हें पहाड़ी पेड़ों की लकड़ी ने ढंका हुआ था। लकड़ी पर कुछ पथरीली शिलाएं रख दी जातीं। ये पत्थर के घर बड़े-से एक या दो कमरों के होते थे, पंद्रह से पच्चीस फुट चौड़े। घरों में अंगूरों और ओलिव के बर्तन भरे रहते। सर्दी के लिहाफ़ कमरे के ही एक चौतरे पर लपेटकर रख दिए जाते और रात को नीचे फ़र्श पर बिछा लिए जाते और ओढ़ लिए जाते भेड़ों की ऊन के मोटे-मोटे कम्बल भी बहुत सर्दी में एक सहारा होते। दीवारों में छोटी-छोटी दो या तीन खिड़कियां होतीं और घर का दरवाज़ा भारी लकड़ी का बना हुआ। ऐसे ही एक घर में ख़लील जिब्रान का जन्म हुआ था 1895 में।

बाप गोरे रंग का मजबूत काठी का एक चरवाहा था जो अरेबियन कॉफी का शौक़ रखता था। मां कुछ सांवले रंग की नाज़ुक-सी बड़े अहसासमंद नक्शों वाली थी, एक पादरी की बेटी। उसके पहले ब्याह से पीटर नाम का एक बेटा भी था, जिसे यह जिब्रान-बाप बड़ी मुहब्बत

से रखता। फिर ख़लील की दो बहनें भी उसी घर में पैदा हुईं, मिरिआना और सुल्ताना।

ख़लील जिब्रान जब बारह बरस का था, पीटर अठारह बरस का हो चुका था। उस समय पीटर ने अमेरिका जाने की बात सोची, जहां वह बहुत कमाकर अपने इस मेहरबान पिता और उसके परिवार की मदद कर सके।

बाप खुश तबीयत का था। लेकिन मां से अपने पहले बेटे पीटर से बिछड़ना मुश्किल हो गया। जिन घरों के बेटे अमेरिका गए थे, उनकी ओर से लगातार भेजे जाते डॉलर इस बात की गवाही देते थे कि वे भी खुशहाल हो सकते हैं। इसलिए मां ने तीनों बच्चों को लेकर पीटर के साथ ही जाना चाहा। बाप पीछे रहा अपने घर की देखभाल के लिए।

अमेरिका पहुंचकर वो लोग बोस्टन गए, जहां उनके गांव-भाई बसे हुए थे। वह एक छोटी-सी सीरियन कॉलोनी बन गई थी। पीटर को जाते ही काम मिल गया और जब वह पहली तनख्वाह लेकर घर आया तो मां और बेटियां जैसे नाच उठीं। उन्होंने कभी इस दिन की कल्पना नहीं की थी। मां को, अब छोटी बेटियों को भी सूई-सिलाई का कुछ काम मिल गया और घर भरा-भरा-सा हो गया।

उस वक़्त मा ने पीटर से कहा–पीटर, पढ़ाई-लिखाई का जो मौक़ा तुम्हें नहीं मिला तू अपने छोटे भाई को ज़रूर दे दे। और ख़लील जिब्रान को स्कूल में डाल दिया गया।

खलील की खूबसूरत नक्शों वाले चेहरे पर दो मोटी-मोटी आंखें दुनिया को हैरानी से देखती लगती थीं।

दो बरसों में घर की खुशहाली, पीटर की मेहनत से बनी, जिसके बाद ख़लील जिब्रान को फिर अपनी वादी में भेज दिया गया। जहां अब वह अपनी मादरी ज़बान, अरबी और फ्रेंच भी पढ़ सकता था।

बाप को पीटर की ओर से बाक़ायदा मिल रही मदद से अब वह ख़लील को लेकर पहाड़ी आरामगाह और प्राचीन खंडहर देखने के लिए चार दिन छुट्टी मना सकता था, जहां ख़लील पहाड़ी चश्मों का पानी भी पी सकता था और ओस से भीगे हुए अंगूर भी खा सकता था। वह चीड़ के पेड़ों की महक थी, जिसमें खलील ने जी भरकर सांस ली है और यह मां–वादी उसके रोम-रोम में बस गई।

उसके अहसास में अपने भाई की कड़ी मेहनत और छोटी बहनों की सूई-सिलाई से की हुई कमाई भी बनी रहती थी। यह अहसासमंदी उसे एक वीरान पड़ी मोनेस्ट्री में ले जाती थी, जहां वह अकेला कई-कई घंटे बैठा रहता। जानता था, उसने फिर से अमेरिका जाना है, मेहनत करनी है, अच्छा कलाकार बनना है और इस तरह अपने भाई पीटर का, बहनों की मेहनत का, मां-बाप के प्यार का कर्ज़ चुकाना है...

लेकिन यह मोनेस्ट्री थी बिलकुल एकांत में पड़ी, जहां कोई आता-जाता नहीं था, उसके भीतर बस गई। उसने सोचा, जब कभी पैसा कमाकर लौटूंगा तो इसे ख़रीदकर इसमें अपना घर बसाऊंगा।
वह जब वादी के स्कूल की पढ़ाई खत्म करके तीन सालों के बाद अमेरिका गया, पता चला कि 4 अप्रैल 1902 के दिन उसकी छोटी बहन सुल्ताना मर गई थी। उसके फेफड़े उस हवा में सांस नहीं ले सके थे और अब मौत के बाद उसकी आत्मा फूलों वाली वादी क्वादिशा की खुली हवा मे रहने चली गई थी...

ख़लील को फिर अमेरिका पहुंचे अभी बहुत दिन नहीं हुए थे कि उसकी मां बीमार पड़ गई, जहां वह सुल्ताना वाली उसी नामुराद बीमारी से अस्पताल में पड़ी रही...

वह हैरान-सा देखता रह गया और इस तरह अभी बहुत दिन नहीं गुज़रे थे कि एक दिन पीटर गिरता-पड़ता घर आया। उसे तेज बुख़ार था और उसने ख़लील से कहा कि वह मिरिआना को लेकर यह नामुराद घर छोड़ दे, वह मर रहा है, लेकिन ख़लील बचकर कहीं चला जाए।

मार्च 1903 में पीटर की मौत हो गई और उसी साल जून में उसकी मां की भी जो अस्पताल में पड़ी थी।

ख़लील ने मिरिआना को लेकर वह बदनसीब घर छोड़ दिया और जरा दूर एक खुला घर ले लिया। ख़लील को अहसास था कि उसकी पढ़ाई के लिए, उसे कलाकार बनाने के लिए सारा परिवार कुर्बान हो गया और यह दुःख उसके भीतर उतर गया...

मिरिआना फिर सूई-सिलाई का काम करने लगी, अपनी और भाई की गुज़र के लिए और ख़लील के अंदर यह दुःख पूरी ज़िंदगी पड़ा रहा कि उसे कुछ बनाने के लिए पूरे परिवार ने ज़िंदगियां क़ुर्बान कर दी थीं...

वह रात-रात जागता, लिखता, पेंट करता, लेकिन अरेबिक रचनाएं उसकी कमाई नहीं बनती थीं। सिर्फ़ थोड़े-से पैसे मिलते थे उसके बनाए चित्रों के, जो वह दूसरे लेखकों की किताबों के टाइटल और चित्र बनाकर कमा सकता था।

ख़लील जिब्रान ने 1904 में कुछ अपनी मर्ज़ी के चित्र बनाए, क़रीब

बीस-एक, लेकिन उसे कोई गैलरी लेने को तैयार नहीं हुई। उसके रहस्यमय चित्र किसी की समझ नहीं पड़ते थे। लेकिन बोस्टन का एक फोटोग्राफर था, जिसने अपना स्टूडियो उसे दे दिया चित्रों की नुमाइश के लिए। उसे इस जवान कलाकार से बड़ा मोह हो आया था। इस नुमाइश में कई बड़े लोग आए, उसे देखने के लिए, कुछ सराहते भी, बहुत से हंस देते। लेकिन उनमें कोई भी खरीदार नहीं था। इस तजुर्बे से ख़लील जिब्रान और अकेला महसूस करने लगा और जैसे स्वयं में सिमट गया।

लेकिन उस नुमाइश में एक औरत ऐसी भी आई, जो फिर ख़लील की मित्र भी हुई और मददगार भी। उसने ख़लील जिब्रान को अंग्रेज़ी में लिखने के लिए तैयार किया और कहा–वह पेरिस जाकर दो साल रहे, चित्रकला की तैयारी करे और सारे ख़र्च की ज़िम्मेदार वह लेगी।

1908 से 1910 तक ख़लील जिब्रान ने पेरिस में वक़्त के माने हुए कलाकारों की रहनुमाई में काम किया और दो साल के बाद बोस्टन लौट आया। 1912 में उसने न्यूयार्क में रहना शुरू किया और बाकी ज़िंदगी वहीं गुज़ारी। उन बरसों में अरेबित दुनिया ने उसकी पहचान पाई, उसकी चित्रकला की और उसकी कलम की भी जिससे अंग्रेज़ी के हलके भी बाख़बर हुए। रूहानी और फिलासिफिकल उसकी शायरी अरबी जबान से अंग्रेजी में तर्जुमा हुई, जिसने वह बुनियादी पहचान बनाई कि आगे जाकर 'पैगम्बर' किताब के शिखर को पहचान सके। यह 'पैगम्बर' किताब उसकी चालीस साल की उम्र में छपी थी, और यह आख़िरी पहचान जैसी थी जो वक़्त के क्लासिक साहित्य में गिनी जाती है।

लेकिन अमेरिका की यह ज़िंदगी मशीनी ज़िंदगी थी जो ख़लील जिब्रान की आत्मा के बराबर नहीं थी, जिससे वह बिलकुल अकेला होकर खुद में सिमटकर रहने लगा सिर्फ़ अरेबियन लोगों की बस्ती ऐसा माहौल

बनाती थी, जहां लिया हुआ सांस उसे अपना लगता था।

पैगम्बर (THE PROPHET) के बाद उसी सतह की उसकी किताब आई 'सन ऑफ मैन' जो उसकी शोहरत को और शिखरों पर ले गई...

अब वक़्त था कि वह अपना सपना पूरा कर सकता था। उसने अपने वतन की उस पहाड़ी एकांत में बनी उस प्राचीन मोनेस्ट्री को खरीदने के लिए ख़तो-किताबत शुरू की। वादी क्वादिशा उसकी रगों में बसती थी, और रगें तड़प रही थीं उस वादी में सांस लेने के लिए...

शोहरत के कुछ अपने तकाज़े होते हैं जो बढ़ रहे थे और ख़लील जिब्रान ने वही तकाज़े पूरे करने के लिए और पांच बरस लगा दिए।

मिखाईल नेइमी, उसका हमवतन, उसका जिगरी दोस्त था। जिसे ख़लीन जिब्रान का लिखा हुआ ख़त भी मिलता है :

"मैं इस व्यापारी दुनिया में और नहीं रह सकता, बस बिखरे हुए धागे समेट रहा हूं, ताकि ज़िंदगी रहते अपनी वादी में जाकर रह सकूं।"

यह पांच वर्ष उसका नाज़ुक बदन झेल नहीं पाया। अचानक उसे लगा कि वही घातक रोग उसे भीतर ही भीतर तोड़ रहा है, जिसने उसकी एक बहन, मां, और भाई उससे छीन लिए थे। अब वह रोग उससे उसका जिस्म मांगने के लिए आ गया था...

बीमार हालत में भी वह काम करता रहा...एक ख़ामोशी और अकेलापन उसकी आत्मा को दर्द से अलग करके कायनाती खूबसूरती में विचरने के लिए ले जाती थी।

किसी ख़त में लिखे हुए उसके अल्फाज़ भी मिलते हैं :

"सिगरेट के धुएं की ओट लेकर मैं अकेला उसमें बैठा हूं।"

9 अप्रैल, 1931 को उसका दोस्त आया, मिखाईल नेइमी, जो उसे अस्पताल ले गया, जहां वह जाना नहीं चाहता था। उसका तक़ाज़ा था–मैं यहां बिखरे काग़ज़ों और बिखरे रंगों के बीच मरना चाहता हूं।

लेकिन अस्पताल में भी वह उसकी आख़िरी घड़ियां थीं। उसका मित्र उसके पास बैठा रहा, जहां 10 अप्रैल 1931 के दिन 41 साल की उम्र में वह विदा हो गया...

मिरिआना बहन, बहुत बैरागी हुई, उसके जिस्म को लेकर उसी वादी में गई, जो ख़लील जिब्रान के सपनों की वादी थी, और उसी पहाड़ी एकांत में बनी उस प्राचीन मोनेस्ट्री में उसे दफनाया गया...

मोनेस्ट्री में आज चारों ओर ख़लील जिब्रान की पेंटिंग्स हैं और वहीं उसका मजार...

मजार–जिसने घर बनना चाहा था, और वह सपनों का घर था, जो मजार बन गया।

ख़लील जिब्रान की नज़्मों की किताब 'दि प्रोसेसन' के आरम्भ में दी हुई जानकारी के आधार पर।

# एनी बीसेंट

कई मुश्किल घाटियों से गुज़रने वाली एनी बीसेंट का जन्म लंदन में हुआ था, 1 अक्टूबर, 1847 को। उसका ब्याह फ्रैंक बीसेंट से हुआ 1867 में। लेकिन उससे अलहदा होने के बाद कानूनी तौर पर 1873 में अलग हो गई। मर्द पादरी था। इसलिए एनी पूजा-प्रार्थना वाले रस्मन रास्ते से गुज़रकर रहस्यमय राह की घाटी में चली गई।

एक दोस्त था जो 'नेशनल रिफार्मर' पत्र का सम्पादक था। एनी ने उसके साथ मिलकर लंदन समाज में कई तब्दीलियां लाने की कोशिश की और अपने नज़रिए के कारण एक बार गिरफ़्तार भी हुई...

बर्नाड शॉ की वह फिर भी कई साल दोस्त रही लेकिन फिर मोड़ आ गया मार्क्सवाद की राह पर जाने का। लेकिन कामों के शिखर पर पहुंचने के बाद वह भारत आ गई और भारत की आजादी के लिए जद्दोजहद करने लगी। भारत में वह 1893 में आई थी। भारत की मिट्टी उसके लिए कई कायनाती रहस्यों से भरी हुई मिट्टी थी, जहां उसे अपने कई पूर्वजन्म याद आ गए। यह भी कि उसके कई जन्म भारत में हुए थे...

भारत की प्राचीन विरासत के खो जाने का दर्द उसके मन में गहरा उतर गया और उसने बनारस में हिंदू कॉलेज की बुनियाद रखी।

पहली बड़ी जंग से कुछ दिन पहले वह सियासत में शामिल होकर भगराज के अखबार 'न्यू इंडिया' के माध्यम से आज़ादी की आवाज़ को ऊंचा उठाने लगी। जंग के दिनों में कई कानूनी पाबंदियां तोड़ने के जुर्म में वह 1917 में गिरफ़्तार भी हुई लेकिन उसके बाद उसकी लगन को देखकर उसे कांग्रेस का प्रधान चुन लिया गया।

एनी का शांतिमय सत्याग्रह के साथ इख़्तिलाक़ था। इसलिए मोती लाल, जवाहरलाल नेहरू और गांधी से वह बहुत देर तक नहीं जुड़ सकी। उसका नज़रिया था कि शांतिमय जद्दोजहद आख़िर में कत्लो-गारत में बदल जाएगा।

यह वक़्त था जब एनी बीसेंट ने व्लावत्स्की की किताब 'दि सेवेन रूट रेसेस' पढ़ी और उससे प्रभावित होकर कायनात के रहस्य-समस्य समझने के लिए बनाई गई थियोसोफिकल सोसाइटी में शामिल हो गई। महात्मा बुद्ध का कहना उसके सामने था कि जब मेरा फिर जन्म होगा तब मेरा नाम मैत्रेय होगा। इस जन्म को सम्भव नहीं बनाया जा सकता था लेकिन एक और रास्ता हो सकता था लेकिन एक और रास्ता हो सकता था कि किसी पाक आत्मा वाली काया में मैत्रेय प्रवेश करे और उसकी आवाज़ सुनी जा सके...

एनी की आत्मा में बेइंतहा लगन थी। मद्रास में उसने दो बच्चे देखे लड़कपन की उम्र के, नदी के किनारे बैठे हुए। एनी ने सोचा कि अगर उन्हें साधना के लिए तैयार किया जाए, हर तरह से इस क़ाबिल कि मैत्रेय की आत्मा उनमें प्रवेश कर सके।

बच्चों के बाप ने इजाज़त नहीं दी, लेकिन एनी बीसेंट ने इतने बड़े मकसद के लिए उसकी रजामंदी की परवाह नहीं की, और बच्चे ले लिए। बाप ने दावा किया। एनी भारत में वह मुक़दमा हार गई लेकिन लंदन की प्रिवि काउंसिल में जीत गई। वे बच्चे एनी बीसेंट की अगुवाई में साधना की राह चलते गए। बड़े लड़के की एक लम्बी बीमारी से मौत हो गई। लेकिन छोटा लड़का था जो बड़ा होकर कृष्णमूर्ति बना।

लेकिन वक़्त पाकर कृष्णमूर्ति को यह गवारा नहीं हुआ कि वह किसी और आत्मा का माध्यम बनें। वह चाहे मैत्रेय की ही आत्मा क्यों न हो। और कृष्णमूर्ति का यह इंकार एनी बीसेंट के लिए झेलना मुश्किल हो गया।

उसकी अपनी कई रहस्यमयी प्राप्तियां थीं लेकिन वह उदास आत्मा 20 सितम्बर 1933 के दिन मद्रास में अपनी इस काया को त्यागकर फिर से जन्म लेने वाले उस रास्ते पर चली गई, जिस घाटी से गुज़रकर वह फिर जन्म ले सकती है और अपने यक़ीन के मुताबिक़ उसने फिर आकर अपने कार्य को पूरा करना है।

# खुद नहाकर खुद की पूजा करे

यह एक पंक्ति थी "ख़ुद नहाकर खुद की पूजा करे, खुद की नमाज़ पढ़े।" लगा मैं इस पंक्ति को जाने कब से पहचानती हूं। नाम नहीं जानती थी, कुछ अता-पता भी नहीं लेकिन कुछ था जिसे मैं जानती भी थी, पहचानती भी...

किसी प्राचीन पुस्तक में छिपी-सी बैठी इस पंक्ति को देखा तो जल्दी से खोजने लगी, वह कौन था जिसने यह कहा था।

नाम मिल गया—अबदी कादरी। लेकिन वह किताब उसकी ज़िंदगी की और किसी भी बात से नावाकिफ़ थी। उसका कलाम भी थोड़ा-सा था। ग़ौर से पढ़ने लगी तो उसका कुछ अता-पता देती दो पक्तियां थीं :

*ख़ुदा के बिना मेरी कोई गरज नहीं*
*एक ख़ुदा ही इबादत है, ध्यान है*
*मैं अबदी कादरी तेरह सौ हिजरी में*
*और गुज़रावाला मेरा मकान है*

इससे यह पता मिला कि यह अबदी कादरी तेरह सौ हिजरी में हुआ था, उसी गुज़रावाले में जहां मैं पैदा हुई। शायद जब मैं पैदा हुई तो बहती हुई हवा उसके मकान की ओर से आई हो? मकान तो तब शायद न रहा हो लेकिन खंडहर तो होंगे ही...और उसकी एक पंक्ति मेरे कानों में पड़ गई–खुद नहाकर खुद की पूजा करे, खुद की नमाज़ पढ़े।

कुदरत के रहस्य कौन जान सकता है, लेकिन एक गहरा अहसास हुआ जैसे कुछ याद आ गया हो। जितना-भर सूफी कलाम मिलता है, मैं उससे कुछ वाकिफ़ हूं और उस मुकाम को पहचानती हूं जहां पहुंचकर शाह हुसैन नाच उठता है–"फकीरा आपे अल्लाह हो" फकीरा खुद ही अल्लाह हो जा। मैं सोचने लगी, यह कैसे हुआ कि अबदी कादरी का नाम किसी की जुबान पर नहीं आया, सूफी कलाम में कहीं दर्ज नहीं हुआ, बस एक पुरानी-सी पोथी के किसी सफ़े पर ख़ामोश-सा पड़ा रह गया...

शायद यह ख़ामोशी फ़क्र-फ़ना की हो, जहां पहुंचते-पहुंचते हर्फ़ छूट जाते हैं, बस एक कम्पन-सा बाक़ी रह जाता है...

और वही थरथराहट-सी मेरे सारे बदन में उतरने लगी।

# दो रहस्यमय क्षण

दुनिया में एक ही ऐसा चित्र है, जो लामा गोविंदा ने बनाया था। कई और कहना होगा कि पता नहीं फिर कोई कलाकार उस तरह स्वचित्र बना पाएगा या नहीं।

वह तिब्बत के लामा मीलागप्पा के दीदार को गए थे, उस गुफा में जहां वह कभी बरसों तक रहे थे लेकिन पहुंचते-पहुंचते रात उतर आई उस पहाड़ी पर। रात काटने के लिए उन्होंने एक दूसरी गुफा में पनाह ली, जो पास पड़ती थी। उस रात उन्हें लगा, उनके मन-बदन में किसी बहुत बड़ी शक्ति ने प्रवेश किया है और अब उनकी आंखों में उनकी खुद की नज़र नहीं है, किसी बहुत बड़ी शक्ति की निगाह है...

उन्हें लगा–उनकी अपनी पहचान खो गई है...

फिर लगा–वह किसी महाशून्य में उतर रहे हैं, इतनी तेजी से अभी किसी अनंतता में खो जाएंगे...

वह लेटे हुए थे, घबराकर बैठ गए और एक आईना निकाल अपना

चित्र बनाने लगे।

और उनका कहना है कि उस मेरे चित्र में मैं अकेला नहीं हूं, जिस लामा के दर्शन को चला था और सुबह उनकी गुफा में पहुंच जाना था, उस चेहरे में वह भी हैं।

लामा गोविंदा की पुस्तक में वह कलमी चित्र छपा हुआ है, और उस क्षण की यह सारी बात भी लिखी हुई है...

और एक दिन साईं काका मेरे घर मेरी लाइब्रेरी में बैठे थे। उस दिन डॉक्टर रैना भी आए, महाजन जी भी, नफ़ीस भी और उनका मित्र एक अनाम योगी भी...

सवाल डॉ. रैना ने पूछा कि कई साल पहले की जो घटना अमृता ने एक किताब में लिखी है कि एक दिन अचानक जब मैं कमरे में सो रही थी, मेरे हाथ पर तीन बार बिजली गिरी, पहली बार हाथ की बीच की अंगुली पर, मैंने घबराकर दूसरे हाथ से उसे दबाया, अंगुली में से थोड़ा ख़ून टपक रहा था, और वह अंगुली टेढ़ी हो गई। लेकिन दूसरे हाथ से सहलाती रही तो अंगुली सीधी हो गई। फिर दूसरी बार बिजली गिरी साथ की अंगुली पर, मैंने फिर घबराकर अपना हाथ पकड़ा, अंगुली थोड़ी-सी टेढ़ी हो गई थी, पर बाएं हाथ से मलती रही तो अंगुली सीधी हो गई। उस अंगुली से भी थोड़ा-सा ख़ून रिस आया था। फिर तीसरी बार बिजली गिरी, उसी दाहिने हाथ की छोटी अंगुली पर। मैंने घबराकर फिर अपना हाथ बाएं हाथ में ले लिया, थोड़ा-सा ख़ून था, पोंछ लिया, पर वह छोटी अंगुली पूरी तरह सीधी नहीं हुई।

मैं साईं काका के सामने बैठी थी, अपना दाहिना हाथ आगे किया, दिखाया, कहा–देखिए साईं काका यह छोटी अंगुली आज तक सीधी नहीं हुई, थोड़ी-सी टेढ़ी है...

बरसों से मेरा इस्तियाक था कि कोई मुझे बताए कि यह मेरे साथ क्या हुआ ? यह बात मैंने कभी डॉ. रैना से पूछी थी, वह कुछ नहीं बता पाए थे, इसीलिए डॉ. रैना ने साईं काका से यह बात पूछी कि यह क्या था ? क्या इसमें किसी दैवी शक्ति का कोई संकेत था ?

साईं काका कुछ देर ख़ामोश हो गए, जैसे अंतर्ध्यान हो गए हों। फिर आंखें खोलीं तो एकटक मेरी तरफ देखने लगे...

वह क्षण था जब मैंने साईं काका के चेहरे पर एक दिव्य-शक्ति को देखा। उस तेज को देखती रह गई. ..और एक मुस्कुराहट थी, जो काका के चेहरे पर आई और खड़ी रह गई...

वह कुछ इस तरह था, जैसे या तो साईं काका मेरे उस हाथ को सहला रहे हो, या फिर से उस हाथ पर कोई बिजली गिरा रहे हों।

मैंने घबराकर अपना हाथ हिलाकर देखा लेकिन कहा कुछ नहीं...

दूसरे दिन मैंने साईं काका को फोन किया, पूछा–कल आपके चेहरे पर क्या था ? आंखों में कोई चीज़ चमक कर खड़ी हो गई थी, ऐसा मैंने पहली बार देखा...

साईं काका कुछ ख़ामोश-से हुए, फिर बोले–आपने देख लिया ? और ख़ामोश हो गए।

मुझे लगता है, यह भी उस क्षण जैसी कोई बात है, जिस क्षण को लामा गोविंदा ने देखा था। लेकिन वह चित्रकार भी था, उसने आईने के सामने बैठकर काग़ज़ पर चित्र बना लिया–लेकिन मैं सिवाए काले अक्षरों के काग़ज़ पर कुछ नहीं उतार सकती...

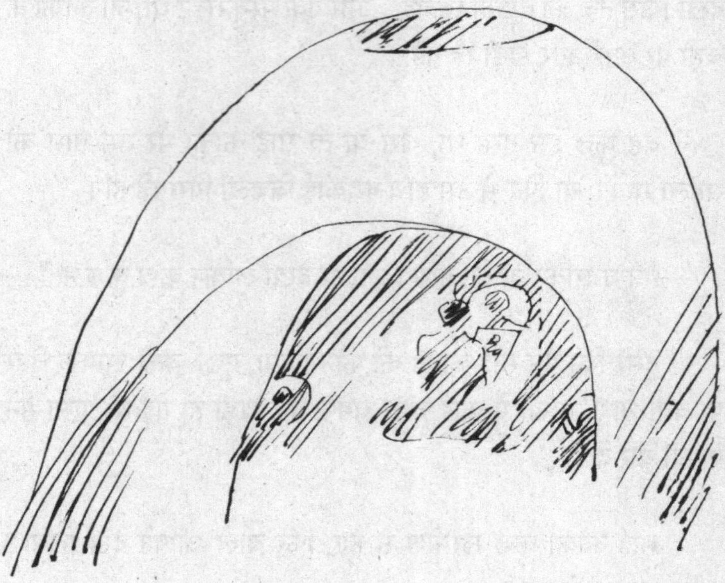

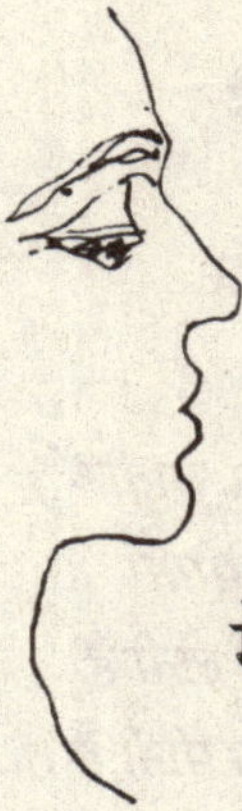

# मेरे योगी!

*कुछ घड़ियां बड़ी मासूम होती हैं*
*मैंने दिल के कंधे पर हाथ रखा*
*कहा–अब मिट्टी में क्या तलाशता है योगी?*

*उसने उतरते सूरज की चिलम पकड़ी*
*कहने लगा–फिर तू ही बता मैं क्या करूं?*
*मैंने कहा–वह ख़ुदा की जात का बंदा है*
*उसकी हयाती पर फतवा था*
*कि दुश्मनों के देश से आती हवाओं को*
*वह ख़ैर-ख़बर पूछ लेता था*
*और किसी राहगीर के हाथों*
*चार हर्फ़ भी भेज देता था...*

*अब, जब वह क़ब्र में सो रहा है*
*तू वहां दीया जलाने कैसे जाएगा?*

कि राहों पर वर्दियों का पहरा है
और वर्दियों वाले
मुहब्बत की शिनाख़्त नहीं करते
और जाने कितनी हयातियां
यूं ही बेशिनाख़्त जीती और मर जाती हैं...
तूने मुहब्बत का योग लिया है योगी!
अब ख़ामोशी की कफ़नी पहन लेनी है
और सिर्फ़ ख़ामोशी की चिलम पीनी है।

# मज़हर-उल-इस्लाम की कलम से

# रहस्यमय अलविदा

मौसमे-बहार के मतवाले परिंदों, जादूई यादों और दिलकश तितलियों से भरी हुई वह अजीब-सी शाम शहर के लोग कभी भी नहीं भुला सकेंगे। सरफिरी नीली हवा और तिरछी बारिश में फूल पत्थरों की तरह बरसते थे। गुलाब के कांटों ने लोगों के चेहरे ज़ख़्मी कर दिए थे। हवा से लड़ते हुए डेलिया और गेंदे के फूलों की मुसलसल बौछार से कई इमारतों की खिड़कियों के शीशे टूट गए थे। सहमी हुई गलियों, हैरतज़दा खिड़कियों, बेबस दरवाज़ों और खौफ़ज़दा बाज़ारों में गूंजती नाराज़ हवा से उलझते हुए फूलों पर पागलपन सवार हो गया था।

फूलों के इस पुरअसरार तूफ़ान में पुराने घरों के बड़े-बड़े कमरों की दीवारों की तन्हाई में पिछली आधी सदी से लटकती हुई पेंटिंग्स में मौजूद फूलों ने भूले हुए रंगों की तन्हाई में और ज़िंदा रहने से इनकार कर दिया था।

इस बेमुहब्बत मौसम में पक्की उम्र राहिबों की तरह हरकत करते

सायों के भीगते हुए क़ाफ़िले क़ब्रिस्तानों के साथ लगी फूलों की नर्सरियों की तरफ़ से उड़कर आने वाले 'फ़ारगेट मी नॉट्स' के ख़ुफिया पैग़ामात की राज़दारी में तबाह हुई यादों की आख़िरी रूसूमात अदा करने जा रहे थे।

किताबों में रखे बर्बाद मुहब्बतों के इंतिसाब के सूखे फूलों और कैलेंडरों की तारीख़ों की बल खाती बेलों पर सदा मुस्कुराते बीते मौसमों के फूलों समेत शहर में मौजूद किसी एक भी फूल ने इस तूफ़ान से रिश्ता ख़त्म करने की कोशिश नहीं की थी।

अपनी सुनहरी मुस्कुराहटों में मौसमे-बहार की आमद का पैग़ाम छिपाकर लाने वाले मेरीगोल्ड के फूल डाकख़ानों की लम्बी-चौड़ी मेज़ों पर मोहरों और ख़तों की भूल-भुलैया में बेहोश पड़े थे।

बाग़ी हवा और मूसलाधार बारिश में दीवारों से उतरकर सड़कों पर भूतों की तरह दुखी मोड़ मुड़ती फूलों, तितलियों और परिंदों के परों से भरी हुई बोगनवेलिया और पीली चम्बोली की बेलें किसी तिलिस्माती कहानी से निकलकर आई हुई लगती थीं।

लाला की गहरी ज़र्द पुरजोश लहरें पानी के जहाज़ों के उस सृजन की भूली यादों के साहिल से टकरा रही थीं, जिसने लाला के इन फूलों की इनकी जंगली तन्हाई में एक सदी पहले खोज निकाला था।

इबादतगाहों, रेस्तोरानों, पार्कों, थियेटरों, मज़ारों, जल्सागाहों और बाज़ारों में सूसन, डेज़ी, दिलरुबा, लाइनीरिया और गुलाब के फूलों के बेक़ाबू हुजूम ने, जो शायद मुहब्बत की दर्दनाक कहानी के किसी किरदार की ताजपोशी की रस्म अदा करने के लिए जमा हो गया था, इंसानी ज़िंदगी के निज़ाम को बिलकुल ख़त्म करके रख दिया था।

पत्तों और फूलों से उलझी हुई उस शाम को जब हवाघरों के अंदर गुलदानों में सजे हुए ट्यूलिप, नर्गिस, गुलाब, फ़्लाक्स और जरबेरे के फूलों को भी अपने साथ उड़ाकर ले गई तो उनके फ़िराक़ में गुलदानों ने मेज़ों और आतिशदानों से गिरकर ख़ुदकशी कर ली थी।

क़दीम पार्क के नाक़ाबिले-ज़िक्र ख़ामोश हिस्से में नाक़ाम मुहब्बत की किसी कहानी के तन्हा किरदार की तरह मिट्टी की छोटी-सी मस्नूई पहाड़ी पर गुज़रता आधी सदी से बैठे हुए शेर के मुजस्समे को जो हमेशा से ही लोगों की नज़रों से ओझल रहा था, उड़ाकर हवा पार्क के बीच में ले आई थी। जहां अब वह अपनी टूटी गर्दन के साथ सुर्ख़ शराब के रंगों के नशे में मदहोश ग़ज़ानिया के फूलों के दरमियान पड़ा था।

बेमुहब्बत मौसम में मुहब्बत से जुड़े फूलों के इस तूफ़ान में बच्चों के खिलौनों, ख़ासतौर पर गुड़ियों की उदास आंखों में उमड़ते हुए आंसुओं को कोई भी न देख सका था। क्योंकि इंसानी नज़रों ने उन्हें भीगे मौसम की नमी समझकर नजरअंदाज़ कर दिया था।

मूसलाधार बारिश में फूलों की इन तूफ़ानी लहरों में लाज़वाल इंसानी जज़्बों का सारा रेकार्ड भीग चुका था।

दीवाने फूलों के इस तूफ़ानी सिलसिले में तमाम शहर ज़र्द रंग की उदासी में ठिठककर रह गया था। वहमों से भरी हुई गलियों में दूर तक बिखरे हुए मुर्दा फूलों पर बच्चों के ख़ौफ़ज़दा क़दमों के भागते हुए निशान घरों तक आकर दरवाज़ों के पीछे छिप गए थे।

हवा की गिरफ़्त में परिंदों के दम घुटने की आवाज़ें उदास दीवारों से टकराकर गीले चीथड़ों की तरह गुफ़ादार उदासी में गिरती थीं और

मुर्दा फूलों के दहशतअंगेज़ भंवर में डूब जाती थीं।

फूलों से ढंकी हुई रेलगाड़ियों, इमारतों की परेशानहाल छतें, बौखलाई हुई बसें, कारों और खिड़कियों के मुर्झाए हुए छज्जे, फूलों से ढंक गए थे और गीले जनाज़ों की तरह लग रहे थे। अंदेशों में घिरे फुटपाथ नीम मुर्दा परिंदों और अधमुई तितलियों के क़ब्रिस्तान बन गए थे।

फूलों की नाक़ाबिले-बर्दाश्त बौछार में जुगनू अपनी आख़िरी सांसों की रोशनी में किसी मरते हुए सियाह परिंदे के अक्स का कोना पकड़ने की बेकार कोशिश में अंधेरे की याददाश्त में गिरते जा रहे थे। फूलों की पत्तियों में कफ़नाई हुई गीली तितलियां और अपनी आख़िरी सांसें गिनते मुहब्बत के लफ़्ज़ लगातार घरों के अंदर गिर रहे थे।

शहर के अस्पतालों के एमरजंसी वार्ड मुर्दा तितलियों, फूलों और ज़ख़्मी इंसानों से भर गए थे। एम्बुलेंस की आवाज़ सीलनज़दा हो गई थी। फूलों की गाढ़ी खुशबू में घुली-मिली मुर्दा परिंदों और तितलियों की बास में शहर के लोगों का दम घुट रहा था और सांस लेना मुश्किल हो गया था। लोग कमरों के अंदर से फूलों, मुर्दा परिंदों और तितलियों का मलबा उठाकर बाहर फेंक रहे थे।

सबके दिलों पर जुदाई तारी थी। फूलज़दा शहर तन्हाई और उदासी के जाले में किसी बीमार बेमुहब्बत मकड़ी की तरह सांस ले रहा था। फ़िक्रमंद इंतज़ार में लिपटी हुई आंखें मुर्दा अबाबीलों के मंज़र में ठहर गई थीं।

जब शहर में फूलों का यह भेदों भरा तूफ़ान आया हुआ था तो उस वक़्त मौत की खुमारी में मग्न सुल्तान आदम अपने फ़्लैट के कमरे

में खुदकुशी कर रहा था।

शहर के अकसर लोग इस बात पर यक़ीन रखते हैं कि सुल्तान आदम की ख़ुदकशी और फूलों का तूफ़ान एक ही सिलसिले की कड़ियां थीं। शायद यही वजह थी कि जो शख़्स ज़िंदगी-भर इंतहाई ख़ामोशी से फूलों की रूहों की बाग़बानी में मसरूफ़ रहा था, अब उसकी ख़ुदकशी के वक़्त जुनूंख़ेज़ फूलों ने उस शख़्स से अपने इंतहाई खुफ़िया तआल्लुक़ का राज़ खोल दिया था और जब वह ख़ुदकशी कर चुका और मुर्दा परिंदों व फूलों और तितलियों का कफ़न ओढ़कर किसी टूटे हुए वायलिन की तरह ख़ामोश हो गया तो फूलों का यह तूफ़ान भी थम गया।

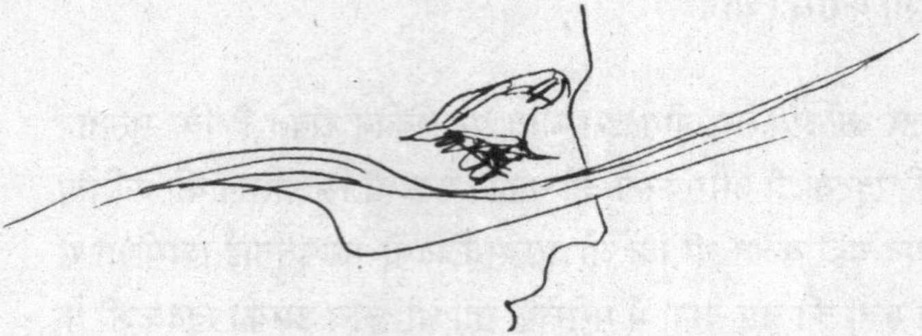

# गुनाहों का सूप

इस कहानी की बात करने से पहले एक वाकिया बताती हूं कि युगोस्लाविया में एक दिन मुझे एक प्राचीन गिरजा दिखाने के लिए ले जाया गया। उन दिनों गिरजे के पादरी सैलानियों के लिए सिर्फ़ देखने वाली चीज़ थे, लोगों के लिए बाक़ायदा गिरजों में रौनक होती थी, न कि कोई पूजा-प्रार्थना। बस प्राचीन पहाड़ियों पर बने खुले और वीरान ऐतिहासिक यादगारों जैसे थे, जहां दूर नेड़े उगे हुए पेड़ जाने किस-किस समय की ख़ामोश गवाही दे रहे लगते थे...

वहां उस गिरजे की ऊंची पथरीली दीवारों में घूमते दो-तीन पादरी थे जो काले कपड़ों में सिर्फ़ परछाइयां-सी लगते थे। वहां एक बड़ी छोटी उम्र के पादरी को देखा जो निहायत खूबसूरत, बहुत ही भले और खिले हुए चेहरे वाला था। उसकी आंखें इधर-उधर इस तरह देखतीं, जैसे किसी से बातें करने को उसका जी चाहता हो, चाहे बहती हवा से ही और पेड़ों के पत्तों से ही...

वहां प्राचीनता के अलावा कुछ देखने वाला नहीं था इसलिए गिरजे के खुले बरामदे में मैं यों ही पेड़ों को छूती और दीवारों को देखती घूमती

रही...इतने में उस पादरी ने क़रीब आकर बड़ी मुलायम-सी आवाज़ में पूछा–आर यू फ्राम इंडिया?

मुझे लगा कि मेरा अनुमान ठीक था। वह किसी से बात करने के लिए प्यासा था। शायद एक घड़ी ख़ामोशी की ठंड से निकलकर किसी की आवाज़ की धूप सेंकने के लिए।

इस तरह छोटी-छोटी बातों में मैंने पूछा–आपने इतनी उठती जवानी में दुनिया छोड़कर यहां रहना कैसे कबूल किया?

उसने सिर्फ़ आसमान की तरफ देखा लेकिन उसके होंठों पर एक खोई-खोई मुस्कुराहट थी। मैं जिस अदबी समागम से आ रही थी वहां सभी अदीबों को वाइन की भरी हुई एक बड़ी खूबसूरत सफरी सुराही दी गई थी। सुराही के सिरे पर लाल डोरी बंधी हुई थी। इसलिए वह सुराही कंधे पर लटकाई जा सकती थी। मैंने अपनी वही सुराही आगे की और उस पादरी से पूछा–आप थोड़ी सी वाइन लेंगे?

उस पादरी ने खुशी से दोनों हाथ आगे कर दिए, मैं सुराही से वाइन उंडेलती रही, वह पीता रहा और फिर दोनों गीले हाथ उसने आंखों पर भी रखे, अपने माथे पर भी....

उस वक़्त वह मेरी ओर देखता कहने लगा–आज मुझे अपनी मां याद आ गई...कई बार आती है...बहुत प्यारी औरत थी, बड़ी सुंदर...

उसक़ी यह याद जाने कितनी-भर धूल में अटी हुई ख़ामोशी में से निकला हुआ एक सफ़ेद चमकता हुआ मोती थी।

और जब वक़्त पाकर मैंने एक बल्गारियन कहानी पढ़ी थी गुनाहों का सूप–तो वही यूगोस्लाविया वाला पादरी मेरी याद में धड़कने लगा।

एलन पैलन, दिमित्र इवानोव का कलमी नाम था, उसकी छोटी-छोटी कहानियां बल्गारियन साहित्य में एक यादगारी जगह बनाकर बैठी हुई हैं।

यह कहानी–गुनाहों का सूप–उसके अंतर्मन की बात करती है जिसे सारी दुनिया में, मजहब की ग़ैरक़ुदरती ख़ामोशी ने कभी होंठों पर आने नहीं दिया। सहज सच को एक पदवी और एक लिबास ने हमेशा वर्जित करार दिया है।

इस कहानी को मैंने बड़े भरे हुए मन से अनुवाद किया है। और यह अनुवाद करते हुए जब एक अकेले बेंच पर रखे सफ़ेद गुलाब की बात आई तो मेरे पैरों में एक तमन्ना होने लगी उस बेंच तक जाने के लिए, वह सफ़ेद गुलाब उठाकर आंखों से लगा लेने के लिए...

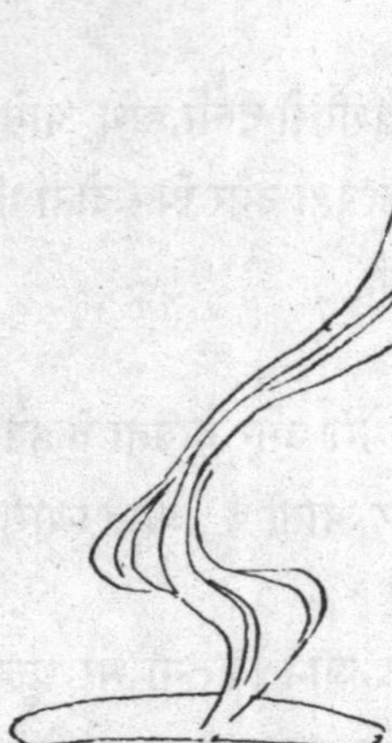

# एलन पैलन की कहानी
# गुनाहों का सूप

और दिनों जैसा साधारण दिन था। लेकिन फिर भी अजीबोगरीब। आसमान भी धूप-छांव खेलने की रौ में लगता था। पहाड़ी चश्मे की आवाज़ में कुछ गीत जैसा था और पास के जंगल की ख़ामोशी में विचरते एकांत जैसा। और आंगन में से गुज़रकर बरामदे में जाती हुई काली बिल्ली के पैरों में एक अलसाहट-सी थी।

मेरा दोस्त शिशोई पादरी और मैं एक पेड़ की छाया में कुर्सियां बिछाकर बैठे हुए थे। दूर-पास की वादी में हरी पर्तें बनी हुई थीं। इर्द-गिर्द के पहाड़ों की नीली-सी झालर थी–जिसके उभार आसमान की ओर उठते और किसी ख़ुदा-नाख़ुदा के आगे प्रार्थना करते लगते थे। मेरा दोस्त पादरी थोड़ा-सा झुककर अपने मांसल हाथों में माला के मनके फेर रहा था। बहरा खानसामा सफ़ेद चोला पहने आंगन में से गुज़रा, उसके हाथ में कुछ प्लेटें थीं, पादरी ने इशारे से उसे पास बुलाया और उसके कान के पास होकर पूछा–खाना तैयार है? उसने कहा–अभी थोड़ी देर में तैयार हो जाएगा। पादरी के चेहरे पर एक रोशनी-सी आई और मेरी तरफ़ देखकर

उसने कहा–तुम्हें पता है, आज हम क्या खाएंगे?

कोई बड़ी स्वादिष्ट चीज़? सामने चश्मे में ठंडी होने के लिए रखी हुई शराब की बोतल की ओर देखकर मैंने कहा और मेरे मन में सींक-कबाब की सुगंध फैल गई।

नहीं, पादरी ने मेज पर हाथ रखते हुए कहा–आज शाम बड़े पादरी निकोडेमस के गुनाहों का सूप पिएंगे।

मैंने उसके मज़ाक़ को झेलने के लिए उसकी ओर देखा लेकिन वह कह रहा था–मैं मज़ाक़ नहीं कर रहा हूं। तुम्हें एक ख़ालिस सच बता रहा हूं। आज उसकी मौत को पूरा साल हो गया। इसी गिरजे में एक पेड़ उसने अपने हाथों लगाया था। आज उसी पेड़ के नीचे उसकी कब्र है। उसकी मौत से एक बरस पहले मैंने उसे यहीं बैठे देखा था, और आज भी उसके तने हुए कंधों वाले शरीर को कल्पना में देख सकता हूं। गिरजे के अंदर के दरवाज़े से गुज़रते वक़्त उसे हमेशा थोड़ा-सा झुकना पड़ता था। उसके क़दमों में, उसके चलने में, एक शाही अंदाज़ था। उसकी मोटी और गोल आंखों में एक गहरी और रहस्यमयी नज़र थी लेकिन उसकी भवें बहुत सघन थीं और इसीलिए वे बाक़ी बदन से मेल नहीं खाती थीं... ख़ुदा मुझे माफ़ करे, उसकी ओर देखकर मुझे यूं लगता था जैसे वह ख़ुदा के आगे झुक प्रार्थना करने के लिए नहीं बना है...वह हर गुनाह से बड़ा था–विजेता–और उसके हाथ अंगुलियों को जोड़कर क्रास का चिह्न बनाने के लिए नहीं बने थे, वे तो कसकर मुट्ठी तानने के लिए बने थे...

–वह अपने छोटे से कमरे में बिलकुल अकेला रहता था। मेरे साथ भी कभी मिलकर नहीं बैठता था लेकिन वह कभी भी प्रार्थना का समय

नहीं भूलता था। बाग के फूलों की वह अपने हाथों से हिफ़ाज़त करता था, हिफ़ाज़त भी नहीं, उन पर क़ुर्बान होता था, ख़ासकर सफ़ेद गुलाब की कई क़िस्में उसने उगाई थीं। मई के महीने में जब बाग फूलों से भर जाता था। सफ़ेद गुलाब छोटे-छोटे देवताओं जैसे लगते थे। वह एक-एक झाड़ी के एक-एक गुलाब को सूंघता था लेकिन रोज़ सिर्फ़ एक गुलाब तोड़ता था। और वह एक गुलाब रोज़ गिरजे की दीवार के बाहर पड़े बेंच पर रखा मिलता था। आज मुझे यह रहस्य पता चला है लेकिन तब पता नहीं था। गर्मियों के सारे दिन वह दरिया के किनारे मछलियों से खेलता था और पूरा-पूरा दिन दरिया के किनारे की झाड़ियों में चलता हुआ, वह थकने का नाम नहीं लेता था...

–बड़ी जवान उम्र में वह इस गिरजे में आ गया था, शायद बीस बरस की उम्र में...उसकी बेचैन आत्मा आज अपने पेड़ों की लम्बी-लम्बी टहनियों के नीचे चैन से सोई हुई है। आज हम...

मेरे दोस्त पादरी ने अपने चोगे की बांहें थोड़ी-सी ऊपर की और आहिस्ता से मुस्कुराया–आज हम उसके गुनाहों का सूप पिएंगे। उसके कमरे की ख़ाली अलमारी के नीचे के ख़ाने में मुझे कल एक कसोरा मिला था। यह कसोरा उसकी प्रार्थना कापी के नीचे ढंका हुआ था। कसोरे में सफ़ेद काग़ज़ों की बहुत-सी पुड़ियां थीं और हर एक पुड़िया में एक-एक फली लिपटी हुई थी।

मेरे दोस्त पुजारी ने चोगे की जेब से एक कापी निकाली और पढ़ा–अपने किए हुए और सोचे हुए गुनाह की निशानी के तौर पर मैंने यहां एक-एक फली रखी हुई है...सफ़ेद फलियां मेरे उन गुनाहों के लिए हैं जिनके बारे में मैं खुद भी निश्चित नहीं कर पाता कि वे गुनाह हैं या नहीं हैं, लेकिन काली फलियां मेरे उन गुनाहों के लिए हैं जिनके लिए

मेरे मन में गहरा दुःख है और जिनकी माफ़ी के लिए मैं रोज़ परमात्मा के आगे प्रार्थना करता हूं।

उसने कापी जेब में डाल ली और दूसरी जेब में से एक रूमाल निकाला। इस रूमाल में छोटे-छोटे काग़ज़ लिपटे हुए थे।

ये सभी काग़ज़ उसने मेज पर पलट दिए और गहरी सांस लेकर कहने लगा–इन काग़ज़ों में वे फलियां लपेटी हुई थीं, मैं कुछ काग़ज़ तुम्हें पढ़कर सुनाता हूं ;

–मैं अपनी सांसारिक ज़िंदगी को और जवानी को अभी भी याद करता हूं और वह मुहब्बत मुझे आज भी याद है, जिसके लिए मैंने इस गिरजे की पनाह ली... .वह लड़की अब भी याद आती है जिसे मैंने प्यार किया था, और जिसे सफ़ेद गुलाब का फूल बालों में टांकना बहुत पसंद था...इस गुनाह के लिए काली फली।

–गिरजे की बाहर की दीवार से परे वादी के एक पेड़ के नीचे पड़े बेंच पर मैं रोज़ एक सफ़ेद गुलाब का फूल रखकर आ जाता हूं। कि शायद कोई राह चलते इसे देखे और ख़ुश होकर उठा ले। इस गुनाह के लिए सफ़ेद फली।

–एक ख़याल मुझे चैन नहीं लेने देता कि मैं ज़िंदगी की ओर यहां क्यों भाग आया? यहां आकर मैंने ख़ुद को बचाया है कि नहीं? एक सफ़ेद फली।

–आत्मा को बचाने के लिए क्या इंसान अपने जिस्म को वीरान कर लेता है? एक सफ़ेद फली।

–जब मैं एकाग्र मन से होता हूं, पता नहीं चलता कि मनुष्य में क्या महान है–उसकी आत्मा या जिस्म? और क्या ये दोनों एक-दूसरे का अभिन्न अंग नहीं हैं? क्या खुश जिस्म की आत्मा भी अपने आपमें पूर्ण नहीं होती? एक सफ़ेद फली।

मेरे दोस्त, इस तरह इन काग़ज़ के टुकड़ों में किसी गुनाह का ज़िक्र नहीं है, सिर्फ़ जवानी की यादें हैं और उनसे पैदा हुई शंकाएं हैं। इस तरह शंकाओं से हमारे प्यारे निकोडेमस की आत्मा पीड़ित थी और कुछ बताती-पूछती आंखों से उसने मेरी ओर देखा, कहा–मनुष्य क्या चीज़ है?

एक काली फली–मैंने जवाब दिया।

नहीं काली भी और सफ़ेद भी–वह मुस्कुराया।

खानसामा ने मेज पर प्लेटें लगा दीं और फिर वह गर्म सूप के भरे हुए दो प्याले ले आया, सूप में जिन फलियों के टुकड़े तैर रहे थे, वे काली भी थी और सफ़ेद भी।

यह हमारे बड़े पादरी के गुनाहों का सूप है...और चश्मे में ठंडी की हुई शराब का पहला घूंट आज हम अपने उस प्यारे निकोडेमस की आत्मा की शांति के लिए पिएंगे। मेरे दोस्त पादरी ने कहा और मैंने अपने हाथों में अपना गिलास पकड़ लिया।

# डोबरी योलेव

बुल्गारिया में मैं इस कहानीकार को एक दावती-शाम में मिली थी...

उसकी यह कहानी मैंने पहले पढ़ी हुई थी, मैंने इसकी बात की, तो बहुत ढलती उम्र के योतेव का रंग चमक उठा, कहने लगा–आयशी मेरी रगों में बसी हुई है...

एक मासूम लड़की कैसे पल-क्षण में बच्ची होती है, और कैसे अगले पल-क्षण में औरत हो जाती है, यह घटना अगर अपने आप पर न बीती हो, तो लिखी नहीं जा सकती....

दुश्मन देश की एक लड़की की मासूमियत के सामने, किसी फौजी के हाथ में पकड़ी हुई बंदूक कितनी बेवक़ूफ़ लगती है!

यह ताक़त सिर्फ़ मुहब्बत के पास होती है, जिसके सामने जंग के मैदान शर्मिंदा खड़े रह जाते हैं...

# डोबरी योतेव—आयशी

रात की लम्बी मार्चिंग के बाद सुबह-सुबह हम एक छोटे-से ग़रीब जा गांव में पहुंचे। हमारे कमांडर ने हम सबको अपने गिर्द खड़ा करके नसीहत की–यहां हम सब एक किसान के घर ठहरेंगे, रोटी खाएंगे और आराम करेंगे, तुममें से कोई भी किसी लड़की या औरत की ओर नहीं देखेगा, यह अच्छी तरह याद रखना। इस गांव के लोगों का मज़हब हमसे अलहदा है...

जिस घर में हम ठहरे, वह बहुत खुला और गांव के एकदम बीच में था। हमारे मेज़बान पांच मर्द थे। कहीं कोई औरत नहीं दिखती थी। बाद में हमें पता चला कि घर की सब औरतें किसी पिछले कमरे में बंद की गई थीं। रोटी परोसने के लिए एक औरत चौके-रसोई में आती थी, पर वह बुर्का पहनकर आती थी, और उसके खड़े होने-चलने से हमें यह कियास लगा था कि वह कोई ख़ासी बूढ़ी औरत थी।

रोटी खाकर हम सभी गांव देखने चले गए और हमें पता चला कि घर के सभी लोग भी खेतों में चले गए थे। गांव छोटा था, मैं जब अच्छी तरह घूम-फिर लिया तो साथी से अलग होकर अकेला घर लौट

आया। घर एकदम अकेला था, मैंने थोड़ा-सा आराम कर लिया तो उस ख़ालीपन से तंग आकर फिर से गांव की ओर जाने के लिए उठ बैठा। मैं अभी चौखट में ही था कि एक लड़की मुझे दरवाज़े के पास दिखी। लड़की ने बुर्का नहीं डाला हुआ था। मैं हैरान था कि इतनी सुंदर लड़की को उसके मां-बाप ने अभी तक बुर्का क्यों नहीं पहनाया। लड़की ने जब मुझे देखा तो ठिठककर जहां खड़ी थी, वहीं खड़ी रह गई।

मैंने हिम्मत कर लड़की को सलाम कहा! वह बोली कुछ नहीं पर जवाब में उसने अपना सिर हिला दिया। सिर के हिलाने से उसके बालों की एक लट उसके माथे पर आ गई।

तेरा नाम क्या है?

आयशी।

तुम बहुत समझदार लगती हो, कितने बरस की-होवोगी?

सोलह बरस की।

सोलह बरस की, फिर तुमने बुर्का क्यों नहीं पहना?

मैं जब सत्रह की होऊंगी तो बुर्का पहनूंगी।

मैं हैरान था कि उसके घर के लोग अभी उसे 'औरत' नहीं सोचते थे। अब हम दोनों चुप थे क्योंकि हमारे पास करने के लिए कोई बात नहीं थी। वैसे मेरी हैरानी नहीं जा रही थी कि यह आयशी अभी भी बच्ची ही गिनी जाती थी।

मैंने अपने थैले में हाथ डालकर देखा, उसमें केक के कुछ टुकड़े पड़े हुए थे, पता नहीं कब के। मैंने कुछ टुकड़े निकाले और अपनी नई वाकिफ़ को पेश किए। वह जैसे चौंककर पीछे हो गई–आजकल रमज़ान के दिन हैं, मैं यह नहीं खा सकती।

मैंने मुसलमानों के इस त्योहार के बारे में सुना हुआ था, पर फिर भी कहा–इस समय कोई नहीं देख रहा, अगर तुम खा लो तो क्या हर्ज है, मैं भी खाऊंगा।

लड़की ने एक बार चारों ओर देखा, अच्छी तरह। फिर केक का एक टुकड़ा लेकर खा लिया। उसके खाने से लगता था कि उसे काफी भूख लगी हुई थी। उसकी आंखों में अल्हड़ता थी। मुझे लगा, वह सचमुच अभी बच्ची थी।

हमने मिलकर केक के सारे टुकड़े ख़त्म कर लिए। फिर उसने आगे होकर कमरे की एक अलमारी का ख़ाना खोला और उसमें से सूखे मटर निकालकर भी खा लिए। उसे अपनी भूख के ध्यान में यह भी याद नहीं रहा कि वह कुछ मटर मुझे भी दे देती।

अचानक बाहर से उसे किसी ने आवाज़ दी। उसने घबराकर बाहर की ओर देखा, फिर मेरी ओर देखा और फिर उसके गालों पर शर्म की लाली आ गई। वह जल्दी से बाहर चली गई। उसकी घबराई हुई नज़र से मुझे एकदम अहसास हुआ कि वह बच्ची नहीं थी, औरत थी।

मैं कुछ देर खड़ा रहा, फिर गांव की ओर चल दिया। बाहर गरमाइश देती धूप बहुत अच्छी लग रही थी। कई जगह लोग इत्मीनान से धूप सेंक रहे थे और हुक्का पी रहे थे। मैंने सारे गांव का एक बार फिर

चक्कर लगा लिया और पीछे लौट आया। पीछे मुड़ते हुए मैंने एक चौराहे में आयशी को देखा। आयशी ने उस समय अपने सिर पर पानी के दो घड़े उठाए हुए थे। मुझे देखकर उसने दोनों घड़े सिर पर से उतारकर पहलू से टिका दिए, और हाथ के इशारे से मुझे नज़दीक बुलाया।

मैं जब उसके पास पहुंचा, उसने क़मीज़ की जेब से मिश्री का एक टुकड़ा निकालकर मेरी ओर बढ़ाया। मैं बड़ा झिझककर खड़ा हुआ था और सोच रहा था कि अगर मेरे साथी मुझे एक लड़की से मिश्री लेकर खाते हुए देख लें तो हंस-हंसकर उनकी कमर दर्द करने लग जाए। मैं लड़की का दिल नहीं दुखाना चाहता था, इसलिए मिश्री का टुकड़ा ले लिया और मुंह में डाल लिया। इस वक़्त मैं सोच रहा था कि यह लड़की बिलकुल बच्ची थी।

घर के नजदीक आकर मैंने उसे आंगन में जाते हुए देखा। उसने एक छुपी-सी नज़र से मेरी ओर देखा था...उसकी टटोलती आंखें बिलकुल एक औरत की आंखें थीं–कुछ ख़ौफ़ज़दा, कुछ शर्मिंदा और कुछ तलाशती...मैं अपने मन में अपने साथ गुस्सा-सा हो गया।

संध्या समय हमारे कमांडर ने हमें बताया कि हमने आज की रात यहां ही रहना था। आधी रात के बाद पहरे की बारी मेरी होनी थी। इसलिए पहली आधी रात मैंने अच्छी नींद ले ली और पिछली रात पहरा देने के लिए अपनी जगह पर खड़ा हो गया। आसमान, कोई लगभग आधा बादलों से ढंका हुआ था और कभी बादलों में पूरी तरह छुप जाता था। उजाले और अंधेरे का यह खेल मेरें माथे की नसों पर एक भार-सा डालने लग पड़ा।

और फिर मुझे लगा कि घर से बाहार खड़ा मैं अकेला नहीं था, नज़दीक अंधेरे में, कहीं कोई और भी था। मैंने अपनी आंखों से अंधेरे को अच्छी तरह टटोला और मुझे लगा कि दूर कोई सचमुच खड़ा हुआ था। मैंने अपनी बंदूक अच्छी तरह संभाली और नर्म-सी आवाज में पूछा–कौन?

कोई जहां खड़ा था, मैंने उसे वहां ही खड़े रहने का हुक्म किया। पर मेरे हुक्म की अदूली हो रही थी और वह 'कोई' हौले-हौले मेरी ओर बढ़ रहा था। मैंने सख़्ती से पूछा–जो कोई भी है, खड़ा हो जाए, नहीं तो मैं बंदूक चला दूंगा।

कोई जरा-सी देर के लिए रुका, फिर जल्दी से मेरी ओर बढ़ा। चांद अब बादलों से बाहर आ गया था, और मैं उस 'कोई' को अब देख सकता था।

आयशी! तुम इस समय कहां जा रही हो?

मैं यूं ही घूम रही हूं, मुझे नींद नहीं आ रही थी।

जल्दी से वापिस चली जा!

पर क्यों?

इस समय तेरा यहां आना ठीक नहीं। मुझे बंदूक चलानी पड़ेगी।

पर क्यों हम दोस्त हैं।

मैं उस समय, उस लड़की की ओर बंदूक ताने एकदम मूर्ख लग रहा था। उसने आगे आकर मेरा हाथ झकझोरा, इस तरह जैसे मेरे गुस्से का, मेरी मांग का उसे कोई कारण समझ नहीं आ रहा था। हाथ झिंझोड़कर कहने लगी–सारे सोए हुए थे। मुझे नींद नहीं आ रही थी। मैंने खिड़की से बाहर देखा, और तुम्हें पहचान लिया तेरे साथ बातें करने के लिए मैं बाहर आ गई।

बातें करती वह नज़दीक की पुलिया पर बैठ गई। मैं हाथ में बंदूक पकड़े खड़ा हुआ एकदम पागल लग रहा था। इसलिए मैं भी पुलिया पर बैठ गया। हम बातें करने लग गए। उसने मुझे पूछा कि मैंने उसकी दी हुई मिश्री खाई थी कि नहीं। और फिर उसने मिश्री का एक और टुकड़ा मुझे दिया। मैं मिश्री खाते हुए, उसके चेहरे पर आई खुशी को देख रहा था और सोच रहा था–कुछ भी हो, यह बिलकुल बच्ची है।

मैं उसे छोटी-छोटी और हास्य कहानियां सुनाने लग गया। वह मुझे इतनी छोटी-सी बच्ची लगी कि एक कहानी सुनाते हुए मैंने उसके कंधे पर हाथ रख दिया। मेरी एक कहानी पर वह खिलखिलाकर हंस दी, और मैंने उसे जरा-सा झिड़ककर समझाया कि उसे शोर नहीं डालना चाहिए। वह एकदम चुप हो गई, एक फ़रमां बरदार बच्ची की तरह। और यह बताने के लिए कि उसने एक असील बच्ची की तरह मेरा कहना झट से मान लिया था, मेरे सीने से सिर लगा लिया। घड़ी-भर यूं ही रही, फिर लाड़ से कहने लगी–तुम्हारे दिल की धक-धक भी मुझे सुनाई देती है–और फिर इस धक-धक को अच्छी तरह सुनने के लिए उसने अपना कान मेरे सीने के और क़रीब कर लिया...

तेरे पास कितनी गरमाइश है–उसने कहा और मैंने उसके ठंडे बदन के गिर्द बांह लपेटकर उसे अपनी बाज़ू की और गरमाइश दी। और फिर

मुझे लगा कि वह मेरी बाज़ू में एक नर्म-सी गांठ की तरह निश्चल हो गई थी। कुछ देर बाद उसने सिर उठाया और एक अजीब-सी हैरानी से मेरे चेहरे की ओर देखा। उसकी आंखों में एक चमक आई और वह हौले से मेरी बांह से निकलकर जल्दी से दौड़ गई।

मैं उसे जाती को देखता रहा। बुलाया नहीं। मुझे लग रहा था—वह जब आई थी एक बच्ची थी, पर जब वह दौड़कर जा रही थी तो एक औरत थी।

अगले दिन हमने उस गांव से चले जाना था। हमारे मेज़बान जब हमें विदा करने आए, उनमें वह भी थी। उसने जब मुझे देखा, दौड़कर मेरी ओर आई, यह बच्ची आयशी थी। पर वह अचानक़ रुक गई, मुझसे परे, और सिर झुकाकर मुझे विदा कह दी। उसकी नीली आंखों में मैंने आंसू भरे हुए देखा। यह औरत—आयशी थी।

एक प्यारी—सी उदासी मेरे गहरे अंतर में उतर गई—मुझे दोनों से प्यार हो गया था...

# योरदान योवोकोव

इश्क़ का भेद देव-दानव भी नहीं जान सके, इंसान ने क्या जान पाना है! पर कभी-कभी किसी शायर अदीब की कलम में ख़ुदा उतर आता है, जो दिल के भेद उसकी कलम से खोल जाता है....

योरदान योवोकोव की क़हानी 'औरत' भी उस गिनती में से है, जिन्हें पढ़ते हुए वक़्त का दिल धड़क जाता है...

इश्क़ जिनकी ज़ात होती है, वे सिर्फ़ हिज्र की मुश्किल घाटियों से ही नहीं गुज़रते, झूठ और फरेब की नदियां भी पार कर जाते हैं...

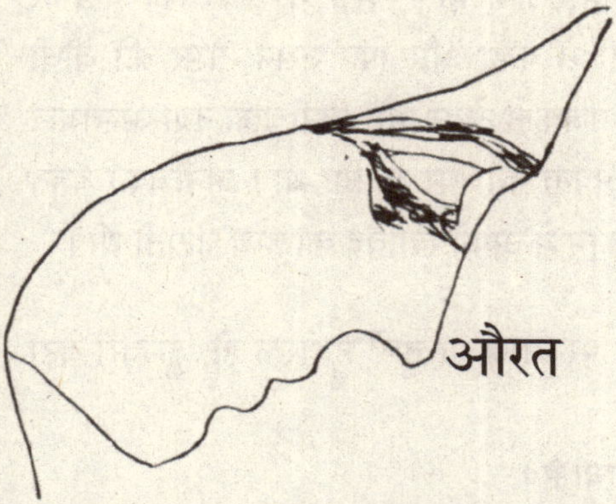

# औरत

इलिया को अपने गांव से बाहर रहते हुए पांच बरस हो गए थे। उसके पिता गीओरगी ने उसके बारे में जब भी कुछ सुना था, बुरा ही सुना था। पर आख़िर उसने कुछ अच्छा भी सुना–किसी ने उसे एक बड़े जिले में, अच्छे कपड़े पहने और मंडी में कुछ घोड़े बेचते-खरीदते हुए देखा था। गीओरगी को पता नहीं लग रहा था कि वह इस बात पर यक़ीन करे कि नहीं। आख़िर में इलिया खुद गांव पहुंच गया, किसी बेगाने की घोड़ा-गाड़ी में बैठकर नहीं, अपनी घोड़ा-गाड़ी में बैठकर और इलिया ने अपने गले में घर की बुनी हुई ऊनी वास्केट नहीं पहनी हुई थी, बल्कि बहुत ही सुंदर और मशीनी कपड़े की बुनी हुई थी। उसने पैरों में बहुत चमकीले बूट पहने हुए थे। गाड़ी के घोड़े जैसे सुंदर थे, वैसे गीओरगी ने कभी नहीं देखे थे। घोड़ों को अस्तबल में बांधकर बूढ़े गीओरगी ने ख़ुमार भरी आंखों से उनके रंग को देखा, वे जब दाना खा रहे थे। गीओरगी ने उनके सफ़ेद दांतों को देखा–दांतों से वे मुश्किल से पांच-पांच, छः-छः बरस के लगते थे, दोनों एक जैसे, जैसे जोड़ा हों। और बूढ़े गीओरगी ने गर्व से भरकर गांव के कई घरों में दूसरे दिन चक्कर लगाया, यह बात सुनाने के लिए।

ख़ुदा तुम्हारा भला करे, ठीक हो? रास्ते में टोडर को देखकर गीओरगी ने फूली हुई छाती से कहा और फिर उसने टोडर की बीवी अनीचका को प्यार दिया। आजकल टोडर और अनीचका नया अस्तबल बना रहे थे। पहले उन्होंने अपना नया घर बनाया था। अनीचका बहुत मेहनती औरत थी और हर काम में अपने खाविंद का हाथ बंटाती थी।

तुम्हारा शुक्र है दादा! पर आज तो तुम्हें मुबारक हो, तुम्हारा बेटा घर आया है।

हां मेरा इलिया घर आया है।

कितना जवान निकला है, कितना सुंदर, मैंने उसे देखा था। उसके घोड़े भी देखे थे। बहुत ही सुंदर हैं।

तूने देखे थे? कल हम उसके चाचा के घर गए थे। घोड़े हमसे संभाले नहीं जाते थे। बहुत ही मुंहज़ोर हैं, मैंने कभी ऐसे तगड़े घोड़े नहीं देखे।

वे सचमुच में बहुत ही सुंदर हैं, जीते रहें! अब बस एक ही कमी है, इलिया को एक अच्छी-सी पत्नी चाहिए।

अनीचका पास खड़ी हुई सुनती और हंसती रही। वह कच्ची ईंटों को धोती और गीओरगी के चेहरे की ओर देख रही थी। धूप से बचने के लिए उसने एक सफ़ेद रूमाल अपने सिर के गिर्द बांधा हुआ था। लपेटे हुए सिर में से उसकी तीखी भवें और काली आंखें चमक रही थीं। उसके कपड़े मिट्टी से सने हुए थे, पर वह तब भी बहुत सुंदर लग रही थी। गीओरगी को याद आया कि कभी यह अनीचका उसके इलिया को बहुत अच्छी लगा करती थी। पर यह पुरानी बात है...

गीओरगी जब घर आया, कितनी देर तक अस्तबल में बंधे हुए

घोड़ों को देखता रहा। दुपहर को जब इलिया घर आया तो गीओरगी ने उसे बताया कि वह टोडर और अनीचका को मिला था।

मैं आज सुबह उनके घर गया था...इलिया ने कहा और फिर बताया– अनीचका ने मुझे कॉफी का एक प्याला भी नहीं पूछा...

आजकल वह बहुत व्यस्त है बेटे! वह और उसका खाविंद मिलकर नया अस्तबल तैयार कर रहे हैं–गीओरगी ने कहा। वह कुछ और भी कहना चाहता था, पर उसने अपनी ज़ुबान रोक ली। उसे याद आ रहा था कि कभी इलिया ने अनीचका के पिता के खेतों में काम किया था। इलिया और अनीचका मिलकर खेतों में जाया करते थे, और इलिया ने उसके सामने डींग हांकी थी कि अनीचका उसके साथ शादी करेगी। पर–फिर पता नहीं क्या हुआ था, अनीचका ने अचानक टोडर से विवाह कर लिया था।

वह मेरे साथ खेतों में मिलकर काम किया करती थी, पर अब वह अचानक बहुत गरूरमय हो गई है, ख़ैर कोई बात नहीं. ..इलिया ने कहा और फिर चुप लगा गया।

पांच-छः दिनों के बाद इलिया दुबारा शहर चला गया, पर जब गांव लौटा, इस बार उसकी घोड़ा-गाड़ी उसके साथ नहीं थी।

तेरे घोड़े कहां गए?–गीओरगी ने घबराकर पूछा।

मेरी जेब में–और हंसते-हंसते इलिया ने बताया कि उसने घोड़े बेच दिए थे क्योंकि उसे बहुत ज्यादा पैसा मिल गया था।

पर तुम्हें वैसे घोड़े फिर नहीं मिलने–गीओरगी ने उदास होकर कहा।

मैं उससे अच्छे फिर ख़रीद सकता हूं।

इलिया इस बार बहुत दिन अपने गांव रहा। कभी-कभी टोडर और अनीचका से वह जब भी बात करता, वह अकसर चुप रहती। सिर्फ़ देख लेती, कहती कुछ नहीं। इलिया उसे कई कुछ सुनाता कि उसने कैसे एक आर्मीनियम मालिक के खेतों में काम किया था–खेत दो गांवों से भी बड़े थे, मालिक को उससे बहुत ही प्यार था, पर वह अपनी बेटी मारिया को उसके साथ ब्याहना चाहता था। पर मैं उसके साथ विवाह कैसे कर सकता था, इसलिए मैं वह खेत छोड़कर आ गया–आगे इलिया बताता।

इलिया खिलखिलाकर हंसता और अनीचका की ओर देखता। अनीचका अपने काम में व्यस्त रहती, कभी-कभार एक चोर नज़र से उसकी ओर देखती जैसे कह रही होती, तुम कोरा झूठ हो, तुम्हारा भरोसा कौन करे?

एक बार टोडर को कहीं काम पड़ गया। पीछे से अनीचका अकेली थी। इलिया ने अपनी जेब से पांच लैवा की चिल्ल्ड़ निकाली और अनीचका के दोनों बच्चों की हथेली पर रख दी। अनीचका ने जब अपने बच्चों की मुट्ठी में चमकते सिक्के देखे तो जल्दी से बच्चों की मुट्ठियां खोलकर सारे सिक्के इलिया को वापिस कर दिए।

उनका पिता उन्हें ख़र्च करने के लिए पैसे दे सकता है–अनीचका ने तनकर कहा। और फिर ज़रा–सा ठहरकर कहने लगी, तू मेरे घर न आया कर!

इलिया उसके बाद अनीचका के घर नहीं गया पर वह दारे में बैठा रहता और शराब पीता रहता।

अब मैं शहर जाऊंगा, बहुत सारे घोड़े खरीदूंगा और बेचूंगा, बहुत पैसे बनाऊंगा, फिर गांव वालों को ऐसी दावत दूंगा जिसे वे सारी उम्र याद रखेंगे...एक दिन इलिया ने कहा और गांव से चला गया।

इलिया इस बार गांव लौटा। इस बार उसके साथ दो व्यक्ति थे। वह अगले कस्बे में जाते–जाते एक रात के लिए आया था। गीओरगी को अपने बेटे के साथी अच्छे नहीं लगे–गहरी काली मूंछों वाले–पर उसने कहा कुछ नहीं।

कुछ दिनों बाद, गई रात के समय, इलिया फिर गांव आया, घर का दरवाज़ा खटखटाया, और घोड़े से उतरे बिना ही अपने पिता से कुछ रोटी और पनीर मांगा। उसने बताया कि वह बहुत जल्दी में है और उसने मंडी में बहुत जल्दी पहुंचना है। उसके साथी भी घोड़ों पर सवार थे। गीओरगी ने देखा कि किसी भी घोड़े पर काठी नहीं पड़ी हुई थी, पर उसने कहा कुछ नहीं, और घर में जितनी भी रोटियां और पनीर था, इलिया को दे दिया।

अच्छा ख़ासा दिन चढ़ा हुआ था, जिस समय गांव में कुछ आदमी आए, जिनके पास बंदूकें थीं। वे ध्यान से घोड़ों के खुरों के निशान तलाशते आगे बढ़ रहे थे। गीओरगी ने सब कुछ देखा, और कलेजा थामकर बैठ गया।

दुपहर अभी ढली ही थी कि गीओरगी ने एक ख़बर सुनी–घोड़ों के चोर पकड़े गए थे। एक का दिल धड़ककर खुद ही बंद हो गया था

और वह वहीं खड़ा मर गया था। बाकी के दो पकड़ लिए गए थे।

शाम हुई पता चला कि पुलिस के कुछ आदमी, गांव का चौधरी और एक डॉक्टर इस गांव में लौट आए थे, समेत दो जीवित चोरों के और एक चोर की लाश के। गीओरगी धड़कते सीने से गांव की ओर बढ़ा, फिर ठिठककर खड़ा हो गया।

मेह बरसने लग गया था और हवा बहुत तीखी हो गई थी! गीओरगी के मन में बौछार पड़ रही थी। घर लौटकर उसने घर के दरवाज़े-खिड़किया बंद कर लिए, पर अपने मन में पड़ती बौछार का वह कुछ नहीं कर सकता था। सुबह होते ही वह फिर से गांव की ओर गया–पुलिस के आदमी दोनों अपराधियों को अपने आगे लगाए आ रहे थे। इस समय वह टोडर के घर के सामने सें निकल रहे थे। गीओरगी ने देखा इलिया के कपड़े बुरी तरह मुचड़े हुए और उसका चेहरा एकदम मुर्झाया हुआ था। इलिया के जिस्म पर कोई गर्म कपड़ा नहीं था और सुबह की हवा हड्डियों को चीर रही थी। गीओरगी आगे बढ़ा, उसने जलती आंखों से इलिया की ओर देखा और उसकी ओर थूककर कहने लगा–तुम्हें अपने आप पर शर्म नहीं आती? तू मेरे लिए कलंक पता नहीं कहां से पैदा हो गया, तेरे पास अच्छे–खासे ख़ुदा के दिए हुए दो हाथ थे, तू इन हाथों से मेहनत नहीं कर सकता था?...और गीओरगी ने हांफकर एक बार फिर ज़मीन पर थूका। उसके होंठ एक़दम पीले होकर कांप रहे थे।

लड़के कल के भूखे हैं, इन्हें कुछ खाने के लिए दे दो दादा!–पास से किसी ने कहा।

इन्हें पत्थर दूं खाने को...गीओरगी ने गुस्से में कांपकर कहा।

सामने घर का दरवाजा एकदम से खुला और अनीचका ने पुलिस

वालों के पास आकर हौले से कुछ कहा और फिर बड़े से परने में लपेटी हुई एकदम ताजा रोटी निकालकर आधी-आधी दोनों को पकड़ा दी–इलिया और उसके साथी को।

और फिर अपने कंधों पर पड़ी हुई चादर अनीचका ने इलिया के कंधों पर डालते हुए हौले से कहा–यह ऊपर ले लो, नहीं तो ठंड लग जाएगी।

पुलिसवालों ने पैर आगे बढ़ा दिए। अनीचका जहां खड़ी थी, वहीं खड़ी हुई पुलिस के साथ-साथ जा रहे इलिया की पीठ की ओर देखती रही और फिर गिर्द के लोगों को देखे बिना वह सीधे अपने घर की ओर मुड़ी और घर की चौखट लांघकर उसने दरवाज़ा बंद कर लिया।

# साहिंबा आई थी

साहिंबा आई थी, दुश्मन कहे जाते देश के प्राचीन स्थानों और खंडहरों को देखने के लिए। उसके पास सिर्फ़ एक ख़त था, इस देश के एक भले से घर के नाम, कि वह साहिंबा को कुछ रातें ठहरने की जगह दे दे। ख़त किसी पुराने वाक़िफ मित्र का था जो जानता था कि उस घर में बड़े आराम से साहिंबा को कुछ दिन गुज़ारने की जगह मिल जाएगी।

घर के मां-बाप ने एक अलग और रोशन-सा कमरा साहिंबा के लिए खोल दिया।

घर की दूसरी मंज़िल पर एक छोटी-सी रिहाइशगाह थी, सारी छत पर फूलों के गमले थे और वहां दो कमरे घर के जवान बेटे के लिए थे।

साहिंबा को चाय-पानी देकर उसका कमरा दिखा दिया था–कुछ आराम करने के लिए। और फिर जब रात के खाने का समय आया, घर का बेटा भी नीचे आया। खाने की मेज़ को फूलों से ताजा करने

लगा। उस वक़्त मां ने साहिंबा को कमरे से बुलाकर बेटे के साथ वाकिफ़ कराया और रोटी की प्लेटें मेज़ पर रखने लगी।

मां–बाप ने, बेटे ने, और मेहमान साहिंबा ने मिलकर रोटी खाई और छोटी-छोटी बातें मेज के इर्द-गिर्द खिलती रहीं।

दूसरी सुबह साहिंबा चाय पीकर घर से चल दी, इस प्राचीन शहर के मकबरे और मीनार देखने के लिए। सारे दिन वह बसों की टिकटें लेकर शहर के वे स्थान देखती रही जिनके कुछ नाम-पते वह लिखकर लाई थी और शाम को अंधेरा होने से पहले ही लौट आई।

इस तरह रात का खाना खाने का नियम उसी तरह था। साहिंबा उसी तरह चाय पीकर चली जाती लेकिन आने के वक़्त अब वह कुछ फूल और मिठाई भी ले आती और खाने की मेज पर रख देती।

घर की मां ने उसे बहुत कहा, मना किया लेकिन साहिंबा को घर लौटते हुए अपने भरे हुए हाथ अच्छे लगते थे...

चौथे दिन ही एक छोटा-सा हादसा हो गया, घर के बेटे को मोटरसाइकिल चलाते हुए एक तंग जगह से गुज़रते हुए टांग पर कुछ चोट आ गई थी। ज़ख़्म नहीं था लेकिन भीतर मांस को कुछ ज़र्ब आ गई थी। वह आती बार डॉक्टर से पट्टी करवाकर घर आया था लेकिन जब अपने कमरे में जाकर चारपाई पर लेट गया तो फिर वहां से उठना मुश्किल हो गया।

मां उसके कमरे में जाकर सेंक भी करती रही और नीचे से चाय-पानी उसके कमरे में पहुंचाती रही। उस शाम साहिंबा जब शहर देखकर लौटी

तो मां हाथ में कुछ फल लेकर सीढ़िया चढ़ रही थी, ऊपर बेटे के कमरे में जाने के लिए।

साहिंबा को इस चोट की जब खबर लगी तो उसने मां के हाथ से टांग पर मलने की दवाई पकड़ ली और चुपचाप उस लड़के के कमरे में जाकर उसकी टांग पर वह काली-सी दवाई, मरहम, लगाने लगी, साथ ही पैरों की अंगुलियों और तलवों को आहिस्ता-आहिस्ता दबाने लगी कि चोट की सूजन उतर जाए।

लड़का संकोच से भर गया लेकिन साहिंबा ने पैरों को मलते हुए उस संकोच को भी मलकर उतार दिया...

उस रात वह लड़के का खाना मां के हाथ से लेकर उसके कमरे में गई, तो उसका रात को किसी ज़रूरत के समय सहारा बनने के लिए वहीं पड़े एक दीवान पर सो गई।

सुबह होते ही साहिंबा ने ऊपर के गुसलखाने में हाथ-मुंह धोया और फिर नीचे मां से अपने लिए और उस लड़के के लिए चाय-नाश्ता लेने के लिए आई...

तीन दिन की तीमारदारी के बाद लड़के की टांग इस काबिल हो गई कि वह मोटरसाइकिल तो नहीं लेकिन कार चला सके। इस अपनी चोट के कारण उसने काम से हफ्ते की छुट्टी ली हुई थी इसलिए घर में ख़ाली था। मां से कहने लगा–शहर से कुछ दूर बड़े-बड़े खंडहरात हैं, बहुत प्राचीन इमारतें भी, मां अगर आप कहो तो घर की गाड़ी ले जाऊं और साहिंबा को वे दिखला लाऊं। बसों में तो वहां जाना मुश्किल होता है।

मां हंस दी, इंकार नहीं किया, वह कुछ खुश भी थी, उसका बेटा कुछ ख़ुश नज़र आता था; नहीं तो वह कॉलेज के जमाने की एक मुहब्बत से मायूस होकर बड़ा अकेला-सा रहने लगा था...ना अपनी शादी की बात सुनता था, ना किसी दावत पर कहीं जाता था...

उस तरह दो दिन गुज़रे तो साहिंबा ने कहा–अगर कहीं वह उसे हरिद्वार ले चले, उसने गंगा में नहाकर देखना है...

लड़के ने उसकी ख़्वाहिश मां से कही तो मां ने इंकार नहीं किया और वे दोनों हरिद्वार चले गए। वह लड़की साहिंबा बड़ी नाजुक-सी और रेशम-सी लड़की थी, जो बड़े ही सादा लिबास में रहती थी जिस पर राह चलते खामख्वाह किसी का ध्यान नहीं जाता था। वे दोनों जब हरिद्वार पहुंचे, शाम उतर आई थी। गंगा के किनारे बने एक आश्रम में उन्होंने दो कमरे किराए पर ले लिए। रात एक घड़ी रहती थी जब साहिंबा ने उस लड़के के कमरे में जाकर उसे जगाया, कहा–सुबह का चढ़ता सूरज गंगा के किनारे खड़े होकर देखते हैं...

लड़का अभी नींद में था लेकिन उठकर हाथ-मुंह धोकर उसके साथ गंगा के किनारे पर चल दिया। वहां साहिंबा ने चढ़ते सूरज की लाली आसमान में भी देखी और उसका साया गंगा के पानी में भी और फिर गंगा में नहाने के लिए वह आहिस्ता से उसी तरह कपड़े पहने पानी में उतर गई...

लड़का किनारे पर खड़ा रहा, ना कोई तौलिया पास में था, ना बदलने के लिए कपड़े, इसलिए वह पानी में नहीं उतरा, किनारे पर बैठकर यूं ही पानी से खेलता रहा...अचानक उसने देखा–सामने साहिंबा खड़ी थी, अभी घुटने-घुटने पानी था, लेकिन वहां खड़ी वह दोनों हाथ जोड़कर सूरज

की ओर देख रही थी जैसे सूर्य नमस्कार कर रही हो...

लड़का हैरान-सा उसकी ओर देखता रहा, फिर जब वह पानी से बाहर आई, गीले कपड़ों में कुछ कांपती-सी तो लड़के ने कहा–आते समय तौलिया और कपड़े बदलने के लिए ले आने थे!...

साहिंबा मुस्कुरा दी...सामने तो आश्रम है, दूर नहीं, वहां जाकर कमरे में कपड़े बदल लूंगी।

आश्रम में कपड़े बदलकर, चाय पीकर लड़की ने कहा–मुझे शहर के बाज़ार में ले चलो, यहां की कुछ चीज़ें देखूंगी।

लड़के ने कहा–मेरा ख़याल है, अभी शहर का बाज़ार खुला नहीं होगा लेकिन आहिस्ता-आहिस्ता चल पड़ते हैं, शायद तब तक खुल जाएगा...

उस शहर के गलियों जैसे छोटे-छोटे बाज़ारों में कुछ कौड़ियां, शंख भी बिक रहे थे, रुद्राक्ष की मालाएं भी, राम-नाम वाले अंगौछे भी, कहीं-कहीं केसर की डिबियां भी थीं, कस्तूरी के नाफ़े भी...लड़की वह सब देखती रही।

फिर आगे जाकर उसकी नज़र उस दुकान पर पड़ी जो किनारी के दुपट्टों से भरी हुई थी, वहां कांच की चूड़ियां और हाथी-दांत के सुर्ख चूड़े भी बिक रहे थे।

साहिंबा ने उस दुकान पर खड़े होकर अपनी कलाई का नाप देते हुए दुकान वाले से कहा–मेरी नाप का चूड़ा निकाल दीजिए. ..और साहिंबा ने वहीं खड़े होकर दोनों बांहों में चूड़ा पहन लिया और साथ किनारी

का एक दुपट्टा भी खरीदा और थोड़ा-सा सिंदूर भी...

लड़के ने हैरान होकर कहा–साहिंबा, इसका क्या करोगी? मान लिया शौक़ होगा लेकिन यह पहनकर वापस किस तरह जाओगी? तुम्हारे जाने में मुश्किल से दो दिन रहते हैं? वहां कस्टम वाले...

लड़की हंस दी–कस्टम वालों को मेरी बांहों से क्या मतलब?

लड़के ने फिर कहा–लेकिन यह तू कर क्या कर रही है?

साहिंबा ने कहा–ख़ुदा को कर्जदार कर रही हूं।

वे दोनों जब हरिद्वार से लौटे, साहिंबा के माथे पर सिंदूर की बिंदिया भी लगी हुई थी, मांग में भी सिंदूर दिख रहा था, बांहों में लाल चूड़ा पहना हुआ था और सिर पर किनारी वाला लाल दुपट्टा भी...कहने वाली बात नहीं थी–आज साहिंबा को एक रूप चढ़ा था...

मां हैरान-सी देखती रह गई। फिर उसने साहिंबा से तो कुछ नहीं पूछा लेकिन बेटा जब अकेले में हुआ तो मां ने उसके पास जाकर कहा–बेटे, सच बताना वहां तूने साहिंबा से ब्याह कर लिया है?

बेटा हंस दिया–नहीं मां, विवाह जैसी बात ना उसने कही है, ना मैंने कही है। बस उसका शौक़ था, उसने चूड़ा पहन लिया।

मां के मुंह से निकला–मरी, अपने देश में इसी तरह चली गई तो वे लोग जाने उसके साथ क्या करेंगे।

यह बात ना मां जानती थी, न बेटा और शायद साहिंबा भी जानते हुए नहीं जानना चाहती थी...घर का बाप चुपचाप सभी रंग देखता रहा और मन ही मन लड़की की जुर्रत पर हैरान होता रहा।

अगली सुबह साहिंबा के जाने का दिन था। वह वीसा की आख़िरी तारीख़ थी।

सुबह का नाश्ता करने के बाद बेटे ने गाड़ी निकाली, साहिंबा को एयरपोर्ट पर ले ज़ाने के लिए...

जाने के वक़्त मां ने एक बार एक हसरत से साहिंबा की ओर देखा और साहिंबा ने आगे होकर मां को-बांहों में ले लिया। घर के बाप को भी हाथ जोड़कर सलाम कही और एयरपोर्ट पर जाने लगी, उसी तरह चूड़ा-चुनरी पहनकर।

उसी समय इत्तिफ़ाक़ से उस लड़के का एक दोस्त आ गया जो दफ्तर की ओर से एक लम्बा टूर करके आया था। वह अपने दोस्त से मिलने आया था।

लड़के ने उसके साथ साहिंबा का तआरूफ़ कराया, कहा–वक़्त तो हो गया है एयरपोर्ट पर जाने का लेकिन पांच मिनट तेरे साथ मिलकर बैठ जाते हैं।

नीचे की मंज़िल पर ही तीनों बैठक में बैठ गए तो दोस्त ने पूछा–आप दरगाहों की ज़्यारत करने आई थीं?

साहिंबा ने कहा–किसी दरगाह पर तो नहीं गई लेकिन ज़्यारत

करने आई थी।

और लड़की का नाम साहिंबा सुनकर दोस्त ने हंसते हुए कहा–और इस साहिंबा का मिर्ज़ा कहां है?

लड़की भी हंस दी, कहने लगी–मिर्ज़े तो हमेशा ही दुश्मन क़बीलों में होते आए हैं, अब भी वह दुश्मन क़बीले का है।

और उस घड़ी साहिंबा ने नज़र भरकर लड़के की ओर देखा और फिर आंखें झुका लीं।

उठते-उठते दोस्त ने एक बार फिर पूछा–क्या इस बार साहिंबा में वह जुर्रत नहीं मिर्ज़े के साथ चल देने वाली?

लड़की ने जल्दी से कहा–यह साहिंबा अपने मिर्ज़े को बाप के क़बीले वालों से मरवाना नहीं चाहती...

और यह कह वह जल्दी से बाहर खड़ी गाड़ी में बैठ गई, एयरपोर्ट पर जाने के लिए...

साहिंबा आई थी जैसे बहिश्त की ओर से हवा का एक झोंका आता है और फिर चली गई।

कई दिन एक ख़ामोशी में गुज़र गए, यूं ही रोज़ के कामों से मरे हुए। और फिर एक ख़त आया, साहिंबा का, घर के बेटे के नाम। लिखा था–

बहुत शुक्रिया! तुम्हें देखकर मुझे कई जनम याद आते रहे। हालांकि हमारे में जनमों की बात करना क़ुफ्र होता है लेकिन मैं क्या करूं–मैंने वे देखे हैं, वे भी तुम्हें देखकर याद आए...

बस इतना ख़त था और नीचे एक पंक्ति थी–

इस जनम में अपने मिर्ज़े की जलावतन साहिंबा।

ख़त में उसका कुछ नहीं लिखा था, शायद वह जानती थी कि अब उसका अता–पता कुछ नहीं कर सकता।

ये तीन काव्य गाथाएं
उस योगी के नाम!
जिसने लिखा था–

**रांझा भयो सुरेश तहि**
**भई मेनका हीर**

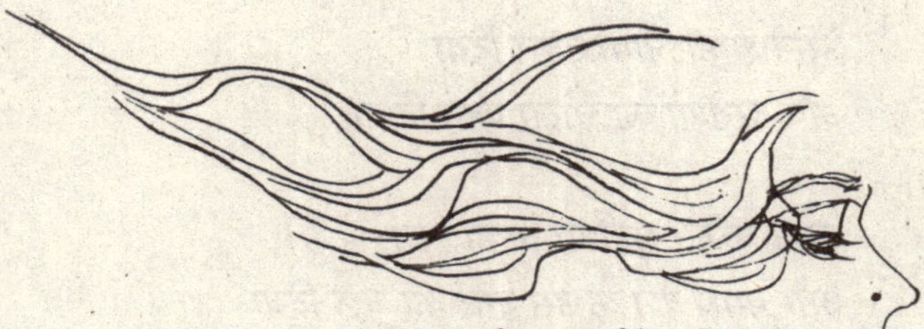

# गाथा दो नगरों की

कोई साज़ और आवाज़ ऐसे भी होते हैं
एक औरत के पैरों में बंधे घुंघरू
हवा के पैरों में बंध जाते हैं...

और हवा से कौन कहे
कि इस नगर से उस नगर नहीं जाना
कि बीच में नफ़रत की एक नदी बहती है
और किसी को भी–
उसे नदी को तैरना नहीं आता
दुश्मनी का काला नाग भी बैठा है
कि जिसके ज़हर का कोई दारू नहीं होता...

वह हवा थी–
जो दूसरे नगर के महल से गुज़री
और महलवाला, पाटलीपुत्र का राजा
उस हवा के पीछे भागता
एक जंगल की राह चल दिया...

जंगल की एक दरगाह पर जाकर
उसने शाही जामा उतार दिया
और दरवेशों का चोला पहन लिया...

उसने वर्जित राहों पर क़दम रखा
और मगध देश के उस नगर को चल दिया
कि जहां कहते हैं एक सुंदरी थी
और जहां आसमान के पंछी भी उतर आते थे
जब सुरों का वह दाना चुगाती थी

वहां कुछ पहाड़ियों की ओट में
एक फूलों की हवेली थी
जहां कुछ हिरन भी आते
और खेलते से गुज़र जाते

सिर्फ़ कभी-कभी एक रात होती थी
जब कुछ अहलकार आते थे
और उन स्वरों के मेहमान होते थे
और कोई नगरवाले
वहां से नहीं गुज़रते थे
यह वहां के राजा का हुक्म था

एक अकेली रात का वक़्त था
दरवेश ने दरवाज़े पर क़दम रखा
और बांदिया घबराने लगी
लेकिन सुंदरी ने एक नज़र देखा
दरवेश के चोले को नमस्कार किया

उसने दहलीज़ों के अंदर पैर रखे
साज़ों में से एक साज़ को लिया
और सारे दर्द को सुरों में उतार लिया
इस तरह उनका मिलन हुआ
जैसे एक साज़ से उठता संगीत
दूसरे साज़ के संगीत को मिलता है

अंतर की प्यास ने, प्यास को पिया
तो राजा ने सारी सच्चाई को
उसके क़दमों पर रख दिया

सुंदरी गमगीन हुई–
क्या सदियों की गाथा कहीं नहीं रुकेगी?
क्या मुहब्बत की हरी पत्ती
दुश्मनी के पेड़ पर उगेगी?
फिर कोई इकरार दिए ना लिए
और सांस सासों को अर्पित हो गए

यह बावरे दिनों की गाथा है
राजा ना रह सकता था
ना जा सकता था
आख़िर कुछ दिनों के, बाद कहने लगा–
सुंदरी मेरा नगर हाज़िर है
और मेरी तरह मेरा महल भी तेरे लिए...

सुंदरी ने कहा–
नहीं राजा जी,

*मैं इस मिट्टी की बेटी हूं*
*यह मगध देश की मिट्टी है*
*मैं इसी का कर्ज उतारने आई हूं*
*और मेरी वफ़ा जिस तरह तेरे लिए है*
*उसी तरह इस मिट्टी के लिए है...*
*यह भी गनीमत हुई*
*कि इश्क की कुछ बूंदें बरस गई है*
*और यह मिट्टी हरी हुई...*
*उसने कंधे का पल्ला संभाल लिया*
*और राजा की ख़ैरियत मांगकर*
*राजा को विदा किया*

*हिज्र की रात युगों सी होती है*
*इंधर सुंदरी की कोख का बेटा जवान हुआ*
*और उधर राजा को महाराजतिलक लगा*

*उस वक़्त पैग़ाम आया–*
*मेरी मलिका भी मुझे चाहिए*
*और मेरा राजपुत्र भी...*
*सुंदरी का उत्तर था–*
*राजा, मैं नगरवधु हूं नगर परिणायी हूं*
*और नगर की मिट्टी*
*सुहाग की मिट्टी है*
*इस मेरी कोख ने*

*— एक राजपुत्र को नहीं*
*दरवेश पुत्र को जन्म दिया है...*

*राजा के माथे पर सत्ता ने तिलक किया था*
*वह सत्ता का तिलक बोला–*
*राजा अजातशत्रु!*
*जो मांगे नहीं मिलता*
*छीनकर मिलता है*
*सदा से ऐसे ही होता आया है*
*नगरों को फतह करना*
*राजाओं का कर्म होता है*

*सुंदरी ने सुना–*
*नगर में लाशें बिछ रही हैं*
*और उसकी वफ़ा से कुछ पूछ रही हैं*

*पुत्र ने सारा मर्म जाना*
*यह भी कि इस प्रश्न के उत्तर का*
*वह उत्तराधिकारी है*
*और एक घड़ी जाने कहां चल दिया*
*सुंदरी ने अपने बदन से*
*एक-एक आभुषण को उतारा*
*और भिक्षुणी का वस्त्र पहन लिया*
*फिर नज़रें उठाकर सामने देखा*
*तो सामने भिक्षु पुत्र ख़ड़ा था...*
*उसने मां के कंधे पर हाथ रखा*
*और बोधिमठ की राह पर चल दिया।*

*पीछे से एक घोड़ा भागता आया*
*नगर के रक्षाघरों को तोड़ता*

उन्हीं की तलाश में आया
देखा तो तड़पकर बोला
आम्रपाली!

सुंदरी ने आखें उठाई, कहा–
मेरा हाथ ख़ाली है
तेरे दरवेशी इश्क़ की
मैंने वफ़ा पा ली है

एक अज्ली रहमत का क़तरा
जो मेरी कोख में आया है
मैंने उसे ख़ून से भीगी
राजसत्ता से बचाया है

दोनों बोधिमठ को चल दिए
तो बेटे ने पास आकर
राजा के पैर छू लिए
कहा–मुझे एक राजा का नहीं।
मेरे दरवेश पिता का आशीष मिले... ।

# अम्बरी मोती

*कहो तो लोगों एक बात कहूं*
*पर कहते हैं कि दिन के वक़्त बात कहें...*
*तो राहियों को राह भूल जाती है*
*पर सच्ची बात तो ये*
*कि राहियों को कब से राह भूल चुके हैं*
*और क्या भूलेंगे*
*और जाने ये बात सुनते हुए*
*किसी को कोई अपनी राह याद आए*

*मैं एक आठवें मोती की बात कहती हूं*
*ये बात चाहें तो आप*
*वेदों-पुराणों से पूछ सकते हैं*
*मोती जो सागर के किसी सीपी से मिलता है*
*कई बार जंगल के किसी बांस से भी*
*कई बाद किसी मछली के पेट से थी*
*और किसी-किसी हाथी के मस्तक से भी*

कोई गजमुक्ता मिल ही जाता है
ये सात क़िस्म के मोती
दुनिया ने देखे हैं, खरीदे हैं
मोतियों का बहुत मोल पड़ता है
कई नाज़नीनें इसका शृंगार करती हैं
और कई राजा ताज में लगाते हैं
लेकिन बात तो उस आठवें की है
जो मोती किसी ने देखा न सुना
सिर्फ़ ऋषियों की ज़ुबानी जाना है
कि वह मोती अम्बर की हवाओं में रहता है
हवाओं की सातवीं सतह के अंदर
और कभी-कभी जब बादल गरजते
और बिजली चमकती-कड़कती
तो हवाओं की सतह से
अम्बर के बाल खुल-खुल जाते हैं
और मोती धरती पर गिरने लगता है
लेकिन देवता गिरने नहीं देते
हाथों में थाम लेते हैं
और इस तरह वह मोती
किसी ने देखा नहीं

कहते हैं कि एक बार
हवा ज़ोर से बहने लगी
अम्बर का दिल भी धड़क गया
और जब शुब्ह हुआ
कि मोती हवाओं से निकलकर

धरती पर जाने लगा है
तो देवता दौड़े
हाथों में थाम लेने के लिए
और कहते हैं
कि उस वक़्त उर्वशी ने कहा–
इंद्र राजा!
तेरे सिंहासन को कोई ख़तरा नहीं
इस मोती को धरती पर जाने दो
और धरती के लोगों को
इसका दीवार पाने दो
कहते हैं कि इंद्र मुस्कुरा दिया
कहने लगा–
क्यों इस मोती को बेआबरू करती है
इस धरती पर कोई इसे झेल नहीं पाएगा
और ये दीवारों से टकाराता
फिर लौट आएगा

उर्वशी ने हठ बांध लिया
तो इंद्र ने कहा–मैंने कई बार पहले भी
मोती को जाने दिया था
लेकिन मरी धरती
इस मोती को नहीं झेलती

उर्वशी ने मिन्नत-सी की–
राजा, धरती के लोग बहुत भटके हुए

उन पर तरस करो
कि सच की कणीं उन्हें नसीब हो!
शायद कोई मोती का दीदार पाएगा
तो उसकी होशमंदी लौट आएगी
और उसकी चेतना
जो युगों से सो रही है
वो जाग जाएगी

कहते हैं इंद्र मुस्कुराया और कहने लगा–
अच्छा तू जो कहती है
मैं मान लेता हूं
जाने ये कोई रहस्य हो
या शायद वक़्त आ गया
कि ये कायनात की रज़ा हो

इंद्र ने सभी देवता लौटा लिए
कहा–जाने दीजिए इस मोती को
देखें कि धरती को पहचान पड़ती है या नहीं...

और लोगो ये कहानी है–
जो कई बार धरती पर गुज़री है
और अभी-अभी फिर गुज़र गई
इस मोती की रहमत ये होती
पहले ये किसी नसीब वाली की कोख में पड़ता

*फिर धरती का बाल होकर*
*धरती पर खेलता*
*जवान होता, दुनिया देखती*
*तो अंदर कहीं कुछ हिल-पिघल जाता*
*तमाशायियों की बात और है*
*जिन्हें किसी की पहचान नहीं पड़ती*
*लेकिन जो धर्म का व्यापार करते हैं*
*उसे देखते तो उनका माथा ठनक जाता*
*डरते कि अगर किसी ने*
*उसके अक्षर पी लिए*
*तो उनका कहा-सुना वो भूल जाएगा*
*फिर उसके हाथ में पकड़ी*
*जो सारी नकेलें थीं*
*जिनमें ये सभी लोग बंधे हैं*
*फिर उनका क्या होगा?*
*और एक कयामत आएगी*
*और नेम-धरम का सारा व्यापार*
*सब व्यर्थ हो जाएगा*
*हथियारों का व्यापार थी*
*और आसनों-सिंहासनों का सौदा थी*
*और वे घबराए हुए*
*एक-दूसरे को देखने लगे*

*वो मोती जो धरती पर आया था*
*एक काया पहनकर*
*जहां भी क़दम रखता*

*दुनिया वालों के दिलों में*
*दहशत-सी आने लगती*
*कि ये तो किसी दिन*
*सोए हुए लोगों को जगाएगा*
*और वो धरती के जिस टुकड़े पर गया*
*हर मजहब और सियासत ने*
*उसके क़दमों को लौटा दिया*

*वो हंसा*
*और भीड़ से कुछ कहता और सुनता*
*जो लोगों के कानों में पड़ा भी और नहीं भी*
*कि सारी धरती ही शापित है*
*कई पगले उसे शाही वेश पहनाते रहे*
*और हीरों की गानी*
*उसके हाथ को बांधते रहे*
*वो हंसता रहा*
*सभी वेश पहनता-उतारता रहा*
*ख़ैर ये तो पागल लोगों की बात है*
*लेकिन जो बहुत चतुर लोग थे*
*उन्होंने ज़हर मंगवाया*
*और उसकी सासों में उतार दिया*

*काया का अपना धर्म होता है*
*वो खिलती भी है, मुरझाती भी है*
*उसकी काया जब नीली पड़ गई*

*तो आसमान की हवाएं आईं*
*और अपना वो मोती संभालकर*
*आसमान को लौट गईं*
*उर्वशी की आंखों में पानी आ गया*
*इंद्र ने कहा—मैंने तुम्हें कहा था*
*मैं पहले भी ये मोती*
*कई बार भेज चुका हूं...*
*उर्वशी ने आंखें झुका लीं*
*और अपनी यादों में उतर गई*
*कि उसने कुछ किरनों को लेकर*
*कई बार बुद्ध का चित्र बनाया*
*कई बार धरती से कान लगाकर*
*वो बांसुरी की आवाज़ सुनती थी*
*और कई बार जब कोई राधा मटकिया लेकर*
*गौओं को दूहने के लिए जाती थी*
*तो कई बार यहां कामधेनु का भी दूध उतर आता*
*कभी धरती पर कोई योगी*
*इकतारा बजाता*
*तो रम्भा और मेनका*
*धरती पर जाने को होतीं*
*मैंने जब किसी की रबाब सुनी थी*
*वो सारी कायनात की ध्वनि बन गई*

*उस वक़्त इंद्र ने कहा—*
*ये युग-युग में होता रहा*
*ऋषि-मुनि भी हुए*

आशिक़-दरवेश भी
जो धरती पर गए थे
किसी को उनकी पहचान नहीं हुई
अब इसीलिए एक फ़क़ीर को भेजा
कायनात का इल्मदेकर
कि भूले हुए लोगों को
शायद कुछ स्मरण में आए...

पर लोग उससे भी यूं ही खेलने लगे
कभी उसे शाही-लिबास पहनाते
कभी हीरे भी उसे बांध देते
वो हर हाल में हंसता रहा
और कायनाती रमज़ की बात कहता रहा
लेकिन लोगों की याद शापित हो चुकी
वे कुछ नहीं सुनते
सभी धन-दौलत को छीनना जानते
मारक हथियारों को बनाते
बेचते और बांटते
नहीं जानते कि इस तरह
एक कयामत आएगी
और उन्हीं की धरती
उन्हीं के ख़ून में भीग जाएगी...

इंद्र ने गहरा सास लिया –
तब शायद वो वक़्त आएगा

जब बचे हुए लोगों को
कुछ याद आएगा
तो शायद थकी हुई धरती
बदन से ख़ून को निचोड़कर
कोई दिशा पाने को तरस जाएगी
और मिन्नत-सी करेगी
वो मेघ मोती मांगने के लिए
कि वह मोती फिर से धरती पर आए
और लोगों को दिशा दे!

सिर्फ़ तब... सिर्फ़ तब...
अभी नहीं
उर्वशी ने इंद्र का हाथ पकड़ा
और रोतीं हुई आसमान को देखने लगी...

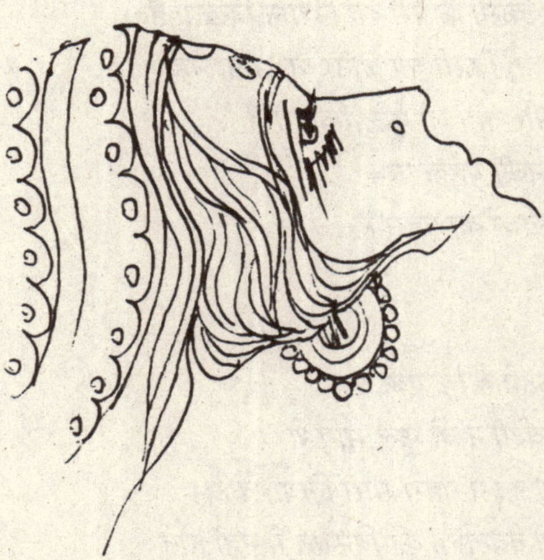

# वर्जित बाग की गाथा

ये अदन बाग की गाथा नहीं
ये वर्जित बाग की गाथा है
जो आकाश पर नहीं,
धरती पर होता है
और मीलों तक भी वहां
किसी की राहगुज़र नहीं
न किसी के पैसें का निशान दिखता है
वहां, किसी का जाना या आना नहीं
और वहां जो फूल खिलते हैं
उनकी महक पर–
फतवों का पहरा है...

कहते हैं कि एक बार
उर्वशी ने वो फूल मांगे थे
तो इंद्र ने गहरा सास लिया, कहा–
वो देवलोक की क़िस्मत में नहीं होते

पास मेनका बैठी थी
ख़यालों में उतर गई–
कि पूरे चांद की जब रात होती है
तो वहां कोई नाद भी सुनाई देता है
जाने वे कौन योगी हैं
जो उस बाग में रहते हैं
कोई वहां जाता नहीं
न कोई कभी आता है
पर यही कहते हैं कि वहां
कुछ रूहों का साया है

फिर चांद की एक रात थी
जब राजा इंद्र से मेनका बोली–
ये कैसा काम है जो मुझे दे दिया
कि मैं धरती पर जाऊं
और किसी ऋषि की समाधि तोड़ दू
और तेरा तख़्त तो राजा
बस डोलता रहता है
और ख़तरा-सा बना रहता है
कि कहीं कोई ऐसा तपस्वी न आए
जो किसी दिन तेरा ये तख़्त छीन ले
तू तो सदा से विलासी है राजा
मैं धरती पर यूं ही जाती हूं
और व्यर्थ लौट आती हूं
और जाने धरती के उस बाग में
कौन योगी वहां रहते हैं

जो पूरे चांद की रात को गाते हैं
तू कभी मुझे वहीं भेज दे
कि एक वही वादी है
जो मुझे वहां बुलाती है

इंद्र मुस्कुरा दिया–
वो आशिक़ों-दरवेशों की वादी है मेनका
उन्हें न ताज चाहिए न तख़्त चाहिए
फूल तो उनके सांसों से खिलते हैं
और सुगंध उनके सांसों से आती है
तभी तो वहां फतवों का पहरा है

मेनका बोली–मैं समझी नहीं
ये तो मैं जानती राजा
कि वो कर्म-योग की धरती है
फिर ख़तरे भी कैसे
और फतवे भी कैसे!

इंद्र ने कहा–पर मेनका
तू ये नहीं जानती
कि कर्म-योग गर मिट्टी को छू ले
तो मिट्टी हरी होती है
पर वही कर्म-योग होता
जो वहशियों के हाथ आता

तो धरती पर लाशें बिछाता
यें भी सच है
कि मुहब्बत की दीवानगी
सिर्फ़ आशिक़-दरवेश जानते हैं
न योगी जानते, न भोगी जानते
और यही दीवानगी होती
कि जिससे फूल झरते हैं
मेनका बोली–
पर फूलों की महक पर
फतवों का पहरा क्यों?
इंद्र ने कहा–वही तो महक होती है
जिसे सत्ता जीत नहीं पाती
और सत्ता की हवस होती
जो फूलों को संग-सारकरती
जो कभी नहीं मरती
तभी तो कहते कि उस बाग पर
रुहों का साया है

इंद्र दलगीर हुआ, बोला
सत्ता के कई वेश होते हैं
कभी वो बदन पर
हथियार भी सजाती है
और कभी धरम-करम का
वो पहरन पहन लेती है
मेनका बोली–
ये दुखों की गाथा मैं जानती राजा

*पर दीवानगी क्या होती*
*मैं वो नहीं जानती*
*मैं वही देखना चाहती हूं*
*और अपने बदन से झरते*
*वे आतिशी फूल क्या होते हैं?*
*इंद्र ने कहा–तू एक जन्म*
*और एक मौत से गुज़र सकेगी?*
*मौत भी, जो ख़ून में भीगी हुई होती है*

*मेनका ने इंद्र के गले में बांह डाली*
*कहा–मैं कुछ कहना चाहती हूं...*
*इंद्र ने कहा —— ज़हे-किस्मत!*
*मैंने सुन लिया; तू जो भी कहना*
*सिर्फ़ देवलोक का इतिहास नहीं जानता*
*कि यहां कभी ऐसा दिन भी आएगा...*

*फिर दुनिया जानती*
*कि मलकी की कोख से*
*जब हीर ने जनम लिया*
*तो नजूमियों ने कहा था–*
*कोई हर्फ़ होंठों पर आए*
*हमारी क्या औक़ात है*
*ख़ुदा ख़ैर करे!*
*ये लड़की तो हूरों-परियों की ज़ात है*
*कहते हैं, हवाओं ने गहरा सांस लिया*

*और दरिया के पार भागती गईं*
*जहां सुना था*
*कि किसी के आगन में*
*एक फरिश्ता खेलता है*

*और इतिहास जानता–कि दो जवानियां*
*जो दुनिया में आईं*
*दुनिया झेल नहीं पाई*
*और दुनिया ने अपने हाथों*
*उन्हें ज़हर दे दिया*
*और उनकी क़ब्रें बना दीं...*
*इतिहास कहता है*
*कि किसी ने भी मेरे बदन पर*
*एक हर्फ़ कभी नहीं लिखा*
*कि जब फूलों का क़त्ल हुआ था*
*तो वर्जित बाग की ओर से*
*बहती हुई हवा आई थी*
*और क़ब्रों में पड़ी महक को*
*अपना माथा नवाकर*
*सबके देखते-देखते*
*चली गई वहां*
*वो वर्जित बाग था जहां*
*इतिहास ने फिर चारों तरफ़ देखा*
*बोला–*
*मेरा तो हर सफ़ा अधूरा है*
*किसी ने मेरे काग़ज़ों पर*

ये नहीं लिखा
कि जो इंद्र अब तख़्त पर बैठा है
ये वो इंद्र नहीं कोई और है
और जो मेनका अब नृत्य करती है
ये वो मेनका नहीं कोई और है
वो इंद्र और मेनका
अब वर्जित बाग में रहते हैं
जहां काशनी, आतिशी फूलों की महक है
और जिस महक पर लगा
अब फतवों का पहरा है...

●●